Xaimaca

Por

Ricardo Güiraldes

Copyright del texto © 2023 Culturea ediciones
Sitio web : http://culturea.fr
Impresión: BOD - Books on Demand
(Norderstedt, Alemania)
Correo electrónico : infos@culturea.fr
ISBN :9791041813438
Depósito legal : abril 2023

Ante todo quisiera personalizar mis sensaciones, como si fuera mi viaje un punto de partida hacia algo definido.

Las cosas se inscribirán en mí según mi idiosincrasia y me interesa tanto observarme, que quiero, a diario, fijar mi modo de reaccionar ante los incidentes nuevos.

Voy al Perú para internarme hacia los restos de la civilización preincásica. No sé, empero, si desembarcaré en Mollendo, en el Callao o en Trujillo.

Pequeño descubridor de mis propias impresiones, llevo como bagaje moral mi gran curiosidad; como fortuna, la cantidad suficiente para viajar cinco meses y, como carga personal, indispensable, mis baúles y mi libreta de enrolamiento.

Basta por hoy.

Diciembre 31, F. C. P

8 a. m. Instalado en el tren con premura. (Un tren largo aquí y que nada será perdido en la pampa, dentro de poco). Buenos Aires, Mendoza, Santiago, cordillera inclusive, con derroche de cumbres, laderas y demás componentes obligatorios.

Va hacer mucho calor y tierra de esa que, ha poco, aventaba cascos de caballos indios.

Entretanto cruzan por andenes y pasadizos algunos remolinos de provincianos: héroes que vuelven de haber conquistado la capital. Arrinconarse y mirarlos con el merecido respeto. Sombreros grises, martingalas, guantes color patito, tez mate y pelo lacio.

Sube a mi vagón una pareja que he encontrado en la agencia donde compré mi boleto.

Recuerdo que en aquella ocasión miré a la mujer como se mira una belleza de cinematógrafo a cuya patria no se irá. Ahora, la coincidencia de nuestro encuentro me parece significativa.

Me pregunto: ¿es un peligro?

Respondo con un nuevo interrogante: ¿no es siempre un peligro vivir?

*

11 menos 25. Mercedes.

Llevamos vencidas dos horas de llanura, con frecuentes erupciones de plantas.

Esto es demasiado llano. ¡Oh Suiza!

¡Oh suavidades convexas y arroyito

que hacen dulces gorgoritos!

*

3 y 10. Alberdi.

Poco a poco menguaron las arboledas, enriquecióse de alfalfa la tierra, y clara, como un abra entre montes, se despobló con sus arideces naturales la pampa.

Desde nuestra pequeña altura de hombres ínfimos, cortamos en breve tangente un segmento de planeta. Más allá, fuera de sospecha, sigue el mundo; mundo vale decir pampa. Pampa madre, creadora en mí de una gota de savia que quiere hacerse canto.

Con tal insistencia me habían hablado del calor, que me consuela el no haberme hasta ahora derretido. Encerrado en mi compartimiento, estoy en pijama. El viento que por la ventanilla abierta y los bostezos de mi ropa me sopla en las carnes es tibio y pesado como un edredón.

Respiro lentamente. Algunas gotas de sudor hacen angostas cosquillas frescas por mis flancos. No pienso en nada hermoso, y, forzado a sufrir por horas aún estas abrumantes culminaciones climáticas, jadeo embrutecido por depresiones físicas, como un perro bajo la calcárea vertical de un sol de siesta.

A las cinco, un viento arrastrado al ras de la pampa me ha devuelto las fuerzas correspondientes a mis veinticinco años.

A las siete discurro lo menos ridículamente posible, dado el ritmo desgonzado del tren, entre las mesas del vagón-comedor por cuyo centro me conduce el mozo para indicarme mi lugar. Y, ¡oh fortuna!, estoy ubicado en la mesa del matrimonio interesante.

Con escaso saludo, que expresa mi contrariedad de ser inoportuno, ocupo mi sitio, decidido a la más pulcra discreción. Las fuentes comunes nos obligan, sin embargo, a ser corteses; de modo que, a causa del salero, una zanahoria o el queso oloroso, cambiamos cumplidos caballerescos.

Mi interlocutor es poco locuaz y su señora ni se apercibe de mis esfuerzos, a fin de ser interesante hablando de peludos adobados o sábalos al asador.

Por suerte, en trances de ofrecernos y devolvernos el azúcar del café, oímos una voz que al tiempo de saludarnos nos pide permiso para hacer sobremesa en nuestra compañía.

Paco es un muchacho chileno que conoce a todo el mundo desde Lima hasta Montevideo.

Satisfechas dos o tres preguntas sobre mi familia y amigos, se dirige a mis compañeros de mesa, con quienes entabla un diálogo que me dispongo a escuchar.

¿Cuál será la vida de mi vecina, cuyos ojos claros se empantanan en un ensimismamiento persistente?

La locuacidad de Paco le impide por un rato darse cuenta de que algo estorba la conversación. Muy luego se disculpa presentando:

—El señor Galván, la señora de Ordóñez, el señor Peñalba.

¿La señora de Ordóñez, el señor Peñalba? Esta diferencia de apellidos hace que me quede barajando ambos nombres, como si quisiera descubrir el secreto de algún malabarismo.

El resto de la sobremesa es breve, y en ella aprendo que mis supuestos esposos son hermanos.

Enero 1 de 1917, Estación Mendoza

6,25 a. m. Acabo de transbordar mi equipaje al Trasandino. Dentro de cinco minutos salimos.

En el andén, aún sometido a una acunada somnolencia, siéntome mordido por un aire especial que me entra en los nervios. Hay olor a espacio.

A un lado queda el tren que abandonamos, cansado y con no sé qué despreciable aire lugareño. Al otro lado está el pequeño Trasandino, estuche del cual brotará lo maravilloso. Confiada, la maquinita bufa, echando por la válvula la sobra de su vigor, y hay en ella un orgullo de serrano a quien nadie puede seguir por los empinados senderos.

En mí se ingiere el olor a espacio, y siento que vivir es bueno.

Me gusta pasar así, dejando a Mendoza desconocida. La larga, terrosa tapia de adobe crudo, los rasgos secos de algunos indios caballeros de pequeñas mulas, me prometen un futuro placer de excursión cercana.

No imaginaba este goce ante lo nuevo.

Así pienso en la mañana fría, cuando, cerca, veo pasar a mi hermosa compañera de ayer. En mi ánimo tendido, la comunicación muda de su saludo ha sido íntima como un contacto.

Con Peñalba hemos acomodado las últimas mantas y, tal vez por esta ayuda, la señora de Ordóñez me invita a sentarme frente a ella.

Empieza el viaje: primeras impresiones. A la mujer recatada de ayer se ha substituido una niña de vibrantes curiosidades.

Es el lecho anchuroso de un torrente, casi seco; la tortuosa vegetación enana que crece entre los rudos pedregales vecinos a la sierra; los colores tensos de algunas flores que ornamentan un jardín cuidado mientras, sofocante, el horizonte montañoso se nos viene encima, en azulada amenaza de avalancha.

Hablar de la cordillera en estas notas sería como querer dar cabida al sol en mi saco de ropa.

De las estaciones, del tren, del jadear de la máquina cuando la rueda dentada muerde en la cremallera, tengo impresiones precisas, pero lo esencial me sobrepasa por su magnitud.

Un pico nevado, puro en su blancura como si fuera tallado en un cristal que se me antoja hecho de tiempo. Un macizo de metálicas montañas separadas de la cordillera por un plano de nubes, y que aparece como un trozo de otro planeta cercano del nuestro, pero constituido por materias más preciosas y en una fase de enfriamiento más adelantada. Pendientes, en cuyas laderas la imaginación resbala en vértigo de pesadilla. Lejos, la diafanidad cerúlea de un cielo más sutil que el de las llanuras.

La flacura fría del aire sorprendente como un mareo místico, y las multicromas vetas de la piedra, otrora levantada y resquebrajada por innombrable fuerza, dan la idea de que vamos por una arista próxima a las influencias vertiginosas de los astros en rotación.

Esto pasa por sobre mí, como una genial locura planetaria, y me aferró a los detalles del riel, para no descentrar mi espíritu humano en aspiraciones de mundo.

Somos tres, unidos en una contemplación traducida por balbuceos que sólo delatan terror estético. Las exclamaciones son nuestro único comentario y las reducimos a un ¡oh! redondo y pálido de asombro como una luna.

Al franquear el tope de la cordillera, saliendo de un pequeño túnel, pasamos a tierra chilena. Columbro a continuación de la cordillera, cuyos altos y bajos van disminuyendo como vibraciones de un sonido, hasta sumirse en la llana tersura del océano.

Peñalba sufre una extraña emoción.

—¿No siente la nueva influencia? —dice—. Estamos ya en el viento del Pacífico. El aire es otro en este espacio de montañas en mengua, que nos va a depositar al nivel del mar desconocido. Por él se puede tirar rumbo a las costas occidentales de América, al archipiélago Indomalayo, a China, a Australia o a las islas del Japón; a todos los países viejos en cuyos templos ruinosos se recibe el bautismo de las filosofías madres.

Mi atención queda en lugares más inmediatos.

Las cumbres nevadas me soplan su aliento seco. Una leve fatiga de puna me sutiliza, prestándome un desasosiego que bien puede venirme de las inmensas laderas, en que bajan las volutas de un camino esmaltado en la piedra serrana.

Allí, lejos e imperceptible como un perdido reguero de hormigas, va un arria de mulas trotando corto.

*

1 p. m. Revisión de equipaje por la aduana.

Los empleados meten las manos entre los moños y las blancas intimidades femeniles, como si en el fondo fueran a encontrar la piel de la dueña. Desearía acogotar a algunos de los curiosos, que parecen documentarse en los baúles vecinos.

Mi alegría de esta mañana se ha trocado en un mal humor que aumenta con la pésima combinación de trenes.

He dado dinero a un roto para que nos traiga algo de comer, y como, por su parte, Peñalba ha despachado el equipaje, volvemos a tomar sitio en el vagón, donde nos acomodamos como tumultuosa tropa de borregos, que no entienden bien.

La comida se hace con francachela primitiva, entretanto el tren corre por un valle fértil que es, según los viajeros, lo más pintoresco del trayecto. Peñalba explica brevemente esta preferencia:

—Un río, campos minuciosamente cultivados, algunas casuchas íntimas en el encierro del valle, un caminito y la chica que saluda a nuestro paso.

A la par nuestra, salvo el capricho de su curso libre de imbéciles rectitudes, va tumbándose un río, por pilcas de piedra, superpuesta sin intersticios, o chicos, redondos, rojos, blancos, celestes, filosos…

Los fundos se subdividen en potreros separados por pilcas de piedra, superpuesta sin intersticios, o por tapias de enormes adobes cuadrangulares. Hay trigo alto y ralo, alfalfa verde hasta el hartazgo, y álamos, muchos álamos, recuadrando los parches de diferentes colores, a lo largo de las acequias.

Los agrestes quiscos

se encaraman por los riscos,

salvajes y ariscos.

Viene la noche, ilumínase el tren y la ventanilla se vuelve espejo que intercepta el paisaje exterior. Así lo dispuso quien nos proveyó de ojos, olvidando agraciarnos con pupilas de nictálope. Mi vista cae sobre mi vecina, que ha vuelto a emponcharse en su indiferencia.

Enero 2, Santiago de Chile

Un estadio de montañas conteniendo el valle del Mapocho. Hacia el este, los picachos de la cordillera son altos hasta afrentarse de nieve. En el valle, la ciudad.

En la ciudad, calles rectilíneas, asfaltadas o terrosas, corriendo entre la edificación pareja.

No he gozado lo que imaginaba. Me falta una persona a quien comunicar mis impresiones, mejor dicho, con quien compartirlas, pues la persona en quien pienso no admite el comentario voluble. ¿Mi viaje puede depender de tales tonterías? Al fin y al cabo, Clara Ordóñez no es más que una hembra, y yo me estoy idiotizando con romanticismos de versificador exangüe.

Sea mi sueño una goma de borrar frases vergonzosas.

Enero 5, Santiago de Chile

Peñalba me ha invitado a tomar una taza de té en el cerro de Santa Lucía.

Mi mal humor de solitario ha sufrido deshielo.

Peñalba conversa, yo escucho; Clara Ordóñez se ausenta tras la indiferencia de sus pupilas.

Cuando ya el cielo sufre los primeros amagos nocturnos, subimos al tope del cerro.

A nuestros pies se tiende el caserío.

Techos de teja española. Iglesias siempre anhelantes de dominio, que se evidencian por trechos, suntuosas y vastas: la Catedral, San Francisco, San Éste, San Aquél…

La luz decrece y las montañas acumulan una densa atmósfera violeta. Clara Ordóñez está a mi lado. Esta hora de silencio es la suya y toda la vaguedad que va cayendo en el valle parece fluir de sus pupilas. No anhelo nada. ¡Si pudiera estirar este mi estado de ánimo, sobre toda mi vida!

El primer mordisco de aire nocturno, caído desde las nieves de la cordillera cercana, despierta en nosotros el instinto de la cueva.

—¿Vamos al hotel?

—Vamos.

Enero 7, Santiago de Chile

Recibo una tarjeta de Paco. Se trata de visitar el cementerio, en compañía de Peñalba y la hermana. La idea de paseo adjunta a féretros, calaveras y otros corolarios de muerte, hace brotar una risa irónica en mí. Pero veré a Clara Ordóñez.

Hay frente a la entrada del camposanto un hemiciclo de cipreses, inevitables excrecencias de luto. La portada es pétrea, y antes de entrar al arbolado jardín leemos, levantando los ojos hacia una chapa de mármol:

ANCHA ES LA PUERTA PASAJERO: ¡AVANZA!

Y ANTE EL MISTERIO DE LA TUMBA ADVIERTE

CÓMO GUARDAN EL SUEÑO DE LA MUERTE

LA FE, LA CARIDAD Y LA ESPERANZA.

Semejante aviso trastrueca ritmos, e impelido por Manrique póngome a hacer poesía filosófica:

Seamos conformes con nuestra pasajera afluencia hacia la muerte, que bien puede ser mejor estado que el presente.

Cipreses, ángeles guardianes de nuestros futuros cadáveres, oraciones cónicas, escuálidas elevaciones clavadas en tierra por raíces apegadas al suelo como desesperadas manos al placer del tacto fugaz; inútiles centinelas de la muerte que apagará nuestros nervios, tan dignos de ser alma.

Mas de los cipreses, como de nuestra ambición, no quedarán sino nudillos más o menos blancos. Inevitable lugar común de la vida es morir. Ser hueso en un cajón desmigajado y abrir, como un pobre niño que no comprende el porqué del castigo, las circulares órbitas vacías. ¡Oh tierra de mi futura calavera!

Cuatro vivos somos en la necrópolis de millones de existencias, que dicen su posición pecuniaria anterior según la suntuosidad, ya inútil, de la bóveda o la agreste modestia de la fosa común. Pero ante el ridículo de algún monumento o la demasiado pomposa inscripción de una lápida, tenemos el privilegio de reír. Mala mueca harán en sus cajones las jetas sin carne; nuestras bocas tienen aún pudor de aquella desnudez absoluta.

Hemos paseado más de una hora, entre el silencio selvático de los árboles que cantan.

Siento que la única defensa ante el inmutable destino de hueso está en mi capacidad de amar, y toda restricción impuesta a mi naciente simpatía por Clara Ordóñez, que camina a mi lado, me parecen puertas que yo mismo cerrara a mi derecho de vivir. La realidad que puedo oponer a esta otra abrumante que me envuelve, está en sus labios de mujer y tengo la obligación de refugiarme en ellos.

¿Tomaré a la muerte por testigo?

Enero 9, Santiago de Chile

Voy a Valparaíso en automóvil, invitado por mi buen amigo Paco. Los Peñalba son pájaros muertos conmigo de un mismo tiro.

A las nueve en punto, Paco coloca sus enguantadas manos sobre el círculo del volante, por cuyo centro se cruzan dos diámetros en ángulo recto. El volante es un problema de geometría, que resuelve un barquinazo, un viraje o un choque.

Ya en las afueras, mientras vamos desriñonándonos como en un potro entre pozos y cantos rodados, Paco constata que el camino es malazo. Y nos resulta un alivio cuando después de dos horas sufrimos una panne, al salir de un arroyo que ha inundado el motor.

Viene bien desentumir el cuerpo, sentir los pies sólidos en tierra y pitar un cigarrillo sin riesgo de quemar ropas vecinas.

Se comenta esto o aquello, pretexto para mirar a quien conviene, o se tiene una palabra de prevención, con lo cual ingenuamente se gusta un acercamiento.

El descanso ha sido breve.

Pasamos entre cerros cubiertos de espinos, que deben dorar lindamente las mondas ondulaciones en tiempo de flor, y como vamos a quedar encerrados en el valle, empezamos a trepar por un camino estrecho.

Ignoraba el recurso de cambiar temperatura ascendiendo. Hundo mi mentón en la golilla y soplo en la lana para sentir calor en las quijadas. A mis espaldas oigo una maniobra de ponchos y cobertores.

Vencida la cima del cerro, enfrentamos la cuesta de Zapata. Treinta y dos virajes bruscos. La primera vuelta se hace apenas con gran inclinación, pasando la rueda a una cuarta del límite, que significa la caída. Los frenos silban. Sufro la impresión desagradable de haberme metido en la espiral de un aparato destilatorio. El valle es el nivel lógico.

Siguen muriendo las leguas aplastadas por el automóvil. Nuevo accidente en un charco. Algunos rotos que de a caballo gozan de nuestra situación no desdeñan la changa, y cinchados por fuertes lazos, al son de gritos y risas, salimos del mal paso. El motor, empero, se niega a proseguir y, depositados a la sombra de los álamos que franjean el camino, nos disponemos a almorzar, mientras Paco, en un caballo prestado, parte en busca de un coche.

Un momento, las conservas, los bizcochos y el vino nos distraen. Al lado nuestro, mirándonos con ojos silenciosos, ha quedado un roto de los que hoy nos cuartearon; sentado en el alambrado del callejón, tiene en sus manos las riendas de una pequeña yegua malacara.

—Ata, pues, la yegua —propone Peñalba— y cínchanos hasta el poblado.

El hombre responde a duras penas:

—La iegua no está dispuesta.

Peñalba arguye:

—Eres tú quien no lo está.

—La iegua tampoco.

Malestar. El roto sigue impasible, como si le rodeara el desierto.

Hace calor; el campo calla y un tero grita allá por los bañados. Con el propósito de distraer a Clara, subo al automóvil.

Hablamos de viajes. El deseo de aceptar proyectos como verdades va convirtiéndome en un visionario de ojos abiertos.

Olvido el presente, los rotos, Peñalba…

*

Un bulto en el sol. Una polvareda en el camino. Es Paco.

Pero estoy ausente de los hechos; apenas si constato la presencia de mis pensamientos, y me esmero en no dejar entrar en mí la influencia de cosas exteriores.

Así oigo a Paco anunciar la llegada del esperado auxilio; así subo al coche diciendo las banales frases de cortesía.

Cometo la indiscreción inevitable de suspirar, buceando muy hondo adentro de mi desvarío, y pienso que me he convertido en un vago romántico de cuarta categoría.

A poco renace la necesidad del gesto y recobra su valor lo incidental.

El hombre que ha venido en nuestra ayuda es un magro tipo castizo, de sumidas mejillas y barba en punta. Solícitamente nombra el lugar, el dueño del fundo que está a su cargo, enumera las leguas que distamos de Curacaví.

Dos horas escasas andamos trotando parejo en el camino y cruzando a toda velocidad los charcos despedazados por el galope firme.

Al cabo estamos en Curacaví, en cuyo hotel tenemos que esperar la venida de los automóviles que pedimos por teléfono.

Paco nos obsequia con caramelos y nos lleva a casa del comisario, donde nos sentamos en cómodas sillas de paja, bajo un parral tupido, que techa de fresco el patio de colonial prestancia.

El comisario, bigotudo y afable, nos ofrece alojamiento por si se nos hace tarde y arranca flores para Clara. Dice que tiene camas suficientes para albergarnos e insinúa una broma poniendo a nuestra disposición un lecho matrimonial.

Para evitar silencios opresores constato que se ha de vivir tranquilo en este pueblito agreste. Pero el comisario dice que me desengañe. Hace poco ha habido algunos asaltos en el camino conducente a Casas Blancas (nuestro camino).

Yo pienso que es lógico, de parte de este señor, el pretender que su comisaría no es inútil; pero Clara Ordóñez pide al hombre que nos dé para el viaje un carabinero.

A todo esto va haciéndose tarde y tenemos que interrumpir la simplísima plática.

*

Cuando concluimos la cena, cargada de cansancio, y salimos a la vereda, Curacaví ha cambiado. Hace luna llena, y el satélite, tan fiel como impersonal, se encarga de volcarnos encima el millón de frases pálidas con que lo ha obsequiado la literatura romántica. En la atmósfera, alucinada de blancura, se suspende la vasta quietud que la noche sólo adquiere en los lugares sencillos. Las casas, al borde de la calle, semejan oblongas piedras de luminosa fosforencia. Frente nuestro hay dos pequeñas ventanas enrejadas, tras las cuales los cristales se ahondan de oscuridad interior.

Las puertas, de madera, son bajas y rudas. El pueblo exhala un sutil aroma de irreal recuerdo centenario.

Un piano toca muy claro, con descalificadas notas de organillo; una voz lisa entona un aire simple y cadencioso, que se sale por la ventana como una incontenible palabra de ternura, destinada a morir en la noche inmóvil. Nosotros queremos ver bailar la cueca que oímos y nos vamos camino del canto, hollando las estrechas veredas cuyos ladrillos no callan el asombro que les causan nuestros zapatos porteños.

Es un cuarto blanqueado a la cal, cuyos zócalos pintados dicen los primores de un pincel ansioso de piruetas injustificables. En el centro del aposento baila un presuntuoso mozalbete de doce años con una gruesa niña sin gracia y los pañuelitos se despiden como fríos fuegos fatuos o se persiguen con intenciones de caricia. En un piano esquinado toca y canta una viejecita, y la hermana mayor de la chica que baila (todo nos autoriza a deducir este parentesco) rasguea las cuerdas de una guitarra.

La viejecita, la niña que toca, los bailarines, hacen una pausa. La noche torna a ser silente.

Por un extremo de la calle óyese un atenuado gotear de notas; diríase que la luna se ha puesto a llover, o que los luminosos átomos, disueltos en el aire, se entrechocaran de pronto en clarisonante murmullo musical.

—Vienen las carretas —dice alguien.

Y corroborando esta aserción, empieza a removerse no sé qué cosa blanquecina, allá, muy en el fondo de la calle. La gente luce su saber dando sucintas explicaciones. Todos los domingos es así: en las carretas vienen arpas y guitarras acompasando cuecas, que cantan las muchachas o señoras; alrededor, los mozos coquetean montados en caballos nerviosos de algazara, y las exclamaciones se cruzan con los galanteos piafantes, contenidos como la impaciencia de los escarceos por el freno esclavizados

La incierta blancura del bulto removido, allá en el fondo de la calle, se precisa en contornos terrestres. Las grandes ruedas de la carreta vienen dando porrazos a desnivel; una lona abayada se tiende sobre fuertes arcos semicircularmente abovedados, encerrando el concierto de voces y cuerdas. La lona toma así el aspecto de un espectral cuero lívido, sufriendo ceñido al costillar potente.

La carreta avanza con poderosa lentitud de fósil que se sobrevive.

Adelante, blancos, babeando sumisión, vienen los bueyes distendiendo sus articulaciones proveedoras de fuerza, acogotados por la presión del yugo estúpido, y sus ojos envidriados de tristeza fijan a las pausadas pezuñas el paso venidero. Al desplazamiento armónico de paletas y músculos va el pelambre cambiando acuáticos moarés.

Estamos envueltos en las risas y las exclamaciones de la caravana. Un espeso polvo se ha detenido junto con los bueyes, aparentando evaporaciones de plata. Los mozos se arrojan del caballo con prisa para ayudar a las damas que salen de la carreta. Las piruetas de un militarcito nos echa encima el anca de su alazán y tenemos que recostarnos contra la pared. El mozo se disculpa en alemán, tal vez porque el vino exalta sus galones de dos meses.

El ritmo ha cambiado; la pesadez de la llegada quedó suspensa en las ahora inmóviles paletas bovinas. El séquito penetra por la ancha portalada de un caserón a un patio emparrado, donde los faroles se han encendido para mirar. En el zaguán quedan dos guitarras y un arpa. La voz, ya enronquecida, de una cantora retoma la cueca que cortó la llegada; un compás febril se apresura en las cuerdas obedientes, y los pañuelitos tornan a decirse adiós, con coqueteos promisores, mientras las espuelas crispan su temblor de hierro en los talones de los mozos, que repiquetean sobre las sonadoras baldosas las rítmicas mudanzas de un zapateo imperativo.

Bruscamente cesa el baile. La voz se ha cortado como en un hipo de cansancio. Ríen las despedidas, anochecen en los bolsillos los pañuelos, remolinean los caballos sofrenados por los mozos y desaparece el percal de las damas en la ósea armazón de la carreta. Crujen las coyundas contra las aspas bajadas por el esfuerzo tenaz de los cogotes torunos. Desplázanse las paletas, haciendo correr en las pieles bayas un armónico escalofrío de luna. La carreta se va, con poderosa lentitud de fósil que se sobrevive, hasta transubstanciarse en incierta blancura, allí muy en el fondo de la calle.

Mueren en la distancia los murmullos musicales con lenidad de astral llovizna. Vuelve la noche a suspender su vasta quietud sobre el lugar sencillo, y las casas se dejan penetrar por los rayos lunares con fosforescente pasividad de muertos.

Dice Clara:

—Parece que hubiéramos asistido a una escena de hace un siglo.

—Esto es viajar —dice Peñalba fiel a su pasión—; Curacaví es un rincón inhabitable; sólo tiene el encanto que hemos saboreado intensamente, porque es un desconocido que volveremos a ver difícilmente.

Han llegado los Fords. En el primero nos instalamos Paco y yo, porque Clara quiere ir con Peñalba y el carabinero, que cree eficaz en caso de peligro. Y comienza el andar entre hondonadas, faldas y alturas, acompañados por el roncar de los motores.

El sueño pesa ya en las articulaciones, desgonzadas de tanto zarandearse por barquinazos y virajes.

El cielo se tachona de astros, diluidos en el asombro lunar. Los arbustos se agazapan amenazando la orilla del camino que, ora cae hacia un bajo en cuya incógnita oscuridad los faros van exasperando los colores en descanso, ora sube proyectando nuestra vista hacia la tranquila lontananza de las constelaciones.

Y sigue el cansancio en progresivo aumento.

La claridad lívida del amanecer viene en el momento de insinuarse muy abajo, como una vía láctea que maternalmente nos recibirá, la colonia de luces de Valparaíso.

Así, vista desde la altura, la ciudad aparece como un vago millón de fosforescencias en el fondo del océano.

Enero 10, Valparaíso

A bordo del Aysen-5 p. m.

Impaciencia de salir. Encerrado en el puerto, el barco parece empequeñecerse; es necesario que se abra a la luz, que el viento lo penetre, llenándolo de ráfagas salinas.

Clara Ordóñez está en su camarote temiendo marearse; Peñalba se siente amplio de recuerdos, como si fuera a hacer rutas anteriores.

Zarpamos con tiempo ventoso, casi frío. A popa la bahía se extiende, las montañas bajan. Quedan rezagadas las barquillas policromas en el agua verde y tranquila. Peñalba se enerva:

—Es estúpido —dice—. ¿Creerá usted que estoy turbado como un asceta ante una inquietud física? Me parece retrogradar años, ser mejor por haber vivido menos, y renovarme en mi antigua congoja de despedida, al salir de Constantinopla entre un hormiguero de caicos y la bulla vocinglera de los puertos orientales.

Afuera el viento Sur arrecia y comenzamos a dar bandazos de estribor a babor. Luego viramos hacia el Norte. Hácese más pausado el movimiento y nos acostamos temprano, hamacados por el ritmo marino que será durante varios días nuestro canto de cuna.

Enero 11, A bordo del Aysen

Rada de Coquimbo.

Amplia bahía entre cerros, que son la agonía de los Andes viniendo a derrumbarse en el océano. A los pies de los montes (aridez pétrea) extiéndese la fertilidad verde terrosa del valle.

Grandes, fuertes, chatas barcazas se han amarrado a los flancos del Aysen y gozo la penetrabilidad del agua, en la quebradura de los remos abandonados.

Las cubiertas han sido invadidas por flores, frutas y quesos, en canastas finas. Vendedores y vendedoras pregonan con cantadas insistencias: brevas, papayas, guindas, ciruelas, duraznos, damascos, pepinos, claveles. Retiemblan y chirrían cadenas y guinches. Vocean con lugareña tonada los peones, que lo mismo cuelgan del grueso gancho elevador un fardo de pasto, una remesa de zapallos, una mula, un buey o un cajón quejumbroso.

Me enerva el ruido y el movimiento. Clara Ordóñez no ha salido aún, y, sintiéndome repentinamente perdido, voy en busca de Peñalba.

¿Cuándo saldremos?

Pasados los primeros momentos, hay mayor tranquilidad sobre cubierta. Clara Ordóñez se ha recostado en una silla y huele un pañuelo empapado en agua de Colonia.

A mediodía nos alejamos de Coquimbo para navegar a vista de costa, que es montañosa sin vegetación.

A las cuatro avistamos a estribor dos islotes rocosos. En el primero hay un faro. El segundo, libre de gente, es un gran pan de guano. A proa como a popa, alineadas a ras de ola, pasan hileras de piqueros: cuellos rectos, chatas cabezas de zambullidores.

En el bar conversamos con Peñalba.

—Lástima que su recorrido sea tan breve. Conocerá cosas interesantes en el Perú, no dudo, pero… Lo que llamo viaje es un andar al través de climas. Necesito por lo menos un retazo de trópico. Usted debería seguir con nosotros hasta Jamaica. Entonces estaría seguro de haber puesto en usted el vértigo que se goza rayando mundo en derroteros nuevos. ¿Lee usted a Kipling? ¿Recuerda aquel pasaje en que Dick, al lado de su novia, en una playa cegada por la noche, oye pasar un barco y lo reconoce?

—No sé —prosigue— si no es necesario tener un poco el alma de Dick para percibir la emoción de esas páginas. Cuando quedo en un puerto viendo partir la masa pesada de un vapor, los primeros paletazos de la hélice hacen indecisas mis pulsaciones, como si fuera a dormirse en un jadeo rítmico, con amplio goce de marcha al desconocido.

Recuerdo haber ido a las estaciones a dejarme incitar por el paralelismo de los rieles.

Para muchos, el viaje es fuga; para mí es llamado.

Es tarde.

Antes de retirarme pido a mi consejero el libro de Kipling y me duermo tranquilo en la cucheta ya familiar, después de haber leído las páginas de potente evocación, mientras compasadamente el barco pulsa los hondos porrazos de sus férreas arterias.

Enero 12, A bordo del Aysen

Proximidades del Taltal.

Navegamos cerca de la costa, que es toda de cerros rosados o amarillentos veteados, de estrías metálicas, entre las cuales la sombra se estanca en verdes claros y azules brumosos.

Hace sol a voluntad, contrastando con los pasados días nublados. Guardo una impresión extraña de anoche. Mi cabeza, aún confusa, mezcla un turbio recuerdo de partida, con una acongojada separación de Clara Ordóñez, detenida por no sé qué sortilegio en el muelle de un puerto. En todo esto hay como la evocación de otra vida llena de promesas ilusorias, en que se suceden muchas zarpadas de bahías ignotas.

Peñalba me ha llevado a proa. El sol es una gran infusión vivificante; el mar alarga mis inquietudes en un vigor salino de primer éxtasis vital.

De pronto me doy cuenta de nuestra ubicación, cruzando las inmensas planuras del Pacífico. Vamos muy cerca de la costa, imperceptible punto en movimiento sobre un mundo del tamaño de una carta geográfica. Veo con gran esfuerzo esta reducción proporcional y gozo un placer curioso con imaginar este juguete de una realidad diáfana.

Por la costa opuesta otros puntos semejantes llevan vida humana de puerto a puerto.

—¡Mire! —exclama Peñalba.

Hemos penetrado en una bandada de aves marinas que, asustadas, remolinean, tratando inútilmente de desprenderse de la superficie sin ondas. Cuando ya la proa parece alcanzarlas, zambullen con las alas abiertas, visibles a varios metros de hondura, de donde vuelven a emerger, espantadas por la desconocida enormidad que se les precipita encima. Un coro aterrorizado de chirridos subraya el desbande, que a veces se estrella contra el avance indiferente del barco y es un clamor salvaje de muerte en la soledad tranquila del océano.

Lejos, un alcatraz vuela pesadamente hacia un peñasco blanco de guano, harto de sobrellevar su picobaúl.

*

El puerto es una pequeña bahía sujetada con recelo por altos cerros.

Mientras desembarcamos con Peñalba en un bote de remo, nos sentimos sofocados por la ascensión hostil de las faldas estériles. En el agua boyan restos de trabajo: pedazos de legumbre o fruta, sobre las cuales las gaviotas revuelan gritando.

Sufrimos la impresión de que la tierra sólo existe para sostener los cuerpos en su superficie. El hombre vive de la piedra de las vetas metálicas apretadas en la montaña, de las reverberantes capas salitrosas que no pueden dar sino la enfermedad jactanciosa del metal sin savia.

Pero Taltal es casi perfecto. Las cuatro o cinco plantas que se esfuerzan en crecer artificiosamente aumentan su desolación. Las casuchas de madera se envejecen empolvadas de tierra macilenta. Unos cuantos perros pelean en una callejuela abandonada y hay en un umbral, de pie, una mujer de momificados rasgos araucanos, cuyo cutis grietan muchos años de intemperie seca.

Pasa un haraposo chiquillo en burro, arrastrando un barril de agua. Miseria. Los fardos de pasto y los alimentos humanos son descargados semanalmente por esas barcas que llegan y se van, tan pronto.

En una victoria desencajada, paseamos por entre el pueblecito que vive al azar de sus minerales.

A las cuatro o cinco cuadras nos encontramos ya en el arrabal. Hay unas cuantas calles de efímera duración, limitadas por palenques de mísera madera o cercos de cinc rotoso. Arriba, en la falda glabra, tronan unos cuantos depósitos de petróleo, con negro desgarbo de herramienta.

Una tristeza espectral de noche cercana nos hace volver, y pasamos otra vez entre las casuchas de madera, por las cuales se aburre un burro y pelean los perros.

El barco aparece como un hogar, allá, arrullado por el mar transparente.

Tengo a mi llegada la satisfacción de constatar que Clara Ordóñez está en su sillón, como la había imaginado cuando ya apuraba el deseo de volver.

Deposito en sus faldas una de las tres flores de Taltal y saboreo la tranquilidad que me da su sonrisa. Al acercar una silla para conseguir las breves palabras de su conversación, siento inútil cualquier más allá.

—¿Les fue bien? —pregunta colocándose mis flores en la cintura.

—Muy bien, ¿y usted? ¿No se ha aburrido sin nosotros?

—Absolutamente. He pensado.

—¿Puede saberse en qué?

Un rato me mira curiosamente. Luego dice, sonriendo siempre:

—En usted.

Un reflujo de vida de pronto agolpada en el puño nervioso de mi corazón, desnúdame de sangre el rostro y pregunto con un aire lamentablemente natural:

—¿Qué piensa usted de mí?

—Mucho bien.

Sé que esto no es una introducción al flirt, pues en Clara Ordóñez no caben insinuaciones perfiladas. Mi instinto dicta hacia sus manos un gesto de gratitud aunque supongo que su opinión sobre mí no es un privilegio excluyente.

—Vamos —digo en fingida chanza—, explíqueme algo más…

—No sé —balbucea sacudiendo su cabeza, concentrada en el esfuerzo de encontrar palabras justas—; voy a decirle vulgaridades que no expresan mi pensamiento. Para mí, las personas valen según su capacidad de dar…

—¿Y usted cree que yo…?

Quedamos silenciosos. Vuelvo a sentirme sorbido por sus manos largas, inquietas ahora sobre la carátula del libro, y quisiera huir hacia proa, para no pensar en nada y poner mi frente sobre el descanso duro de la borda.

Clara Ordóñez se retira bruscamente.

Salimos ya de la bahía pequeña. Taltal se va a dormir, miserablemente ahogado por sus cerros sombríos. La proa apunta al último claror del Oeste.

Buen descanso va a tener la noche, sobre el mar, cuya grandeza no se resiste con pequeñas luces a su posesión absoluta.

Pero yo no dormiré.

Enero 13, A bordo del Aysen

Antofagasta.

La he encontrado en el mismo lugar de ayer, los ojos entrecerrados descansando en el horizonte, el libro abandonado sobre sus rodillas. No me ha sentido.

A algunos pasos me detengo indeciso, concluyendo por irme, aunque inútilmente, pues sé que voy a rondar sin descanso para mirarla de lejos, apenas conocible, y acercarme con el goce de ver cada una de sus facciones precisarse, como si asistiera a un escalonado nacimiento de su belleza.

No le he hablado.

A las once entramos a un puerto más vasto que el de Taltal.

Un capitán chileno, compañero de viaje, nos complica en una recepción de personajes lugareños.

Clara Ordóñez está desconocida de animación mientras trasbordamos a la chalupa que nos espera con sus marineros erguidos de disciplina.

Pero siento que la pierdo para toda la tarde, mientras en comitiva marchamos por una calle orgullosamente asfaltada, que nos conduce a la quinta Casela, laboriosa conjunción de verdes terrosos.

El almuerzo, copioso, barniza los rostros.

Bajo una glorieta de enredaderas cercanas, unos guitarreros cantan aires nacionales.

Al descorcharse con salvas de espumas las botellas de champaña, los brindis se atropellan fogosos.

Alguien relata la acción guerrera del coronel Antonio María López, primer chileno que llegó al tope del Morro de Arica: episodio de la guerra del Pacífico.

El octogenario coronel se emociona y contesta. Nos sentimos olvidados, fuera de aquel intercambio de elogios en los que la palabra patria revienta con vítreo estrépito de granada.

Una hora paseamos por el único plantío del lugar, admirando las flores de colores como exasperados por toxinas, las legumbres voluminosas o los árboles que van en satisfactorias vías de crecimiento.

He creído recuperar mi alegría al abandonar el muelle, en la chalupa de la Subprefectura. Tres o cuatro de nuestros acompañantes, empero, han querido continuar hasta el Aysen las ya machucadas efusiones.

Con ancha ondulación de nota grave corren olas lisas. Los hombros de Clara Ordóñez tocan los míos. Corto consuelo.

Al llegar, el cansancio la aleja como la alejó el paseo.

Enero 14, A bordo del Aysen

Iquique.

Hace bien respirar este aire salino y grande, al que me voy acostumbrando como a los detalles del barco.

Sentado sobre el arranque del bauprés, apoyadas las espaldas contra las escotas que afirman la arboladura, miro a lo largo del botalón. Mi vista se empampa en las lejanías del agua, rumbo indefinido.

Del mar sube un temblor de reflejos lancinantes. Una modorra de plenitud va trocándome inerte sobre el duro descanso de madera y mi lucidez se complace en perseguir borrosos pensamientos, aletargados por el sol de mediodía.

Con pausa de idea definitiva, va estableciéndose en mí la certeza de que ésta es la vida: una absoluta pertenencia al presente. Del pasado apenas recuerdo lo que me liga a los momentos actuales, y mi próxima separación de Clara va siendo más incierta. ¿Bajaré siempre en Moliendo? Las tentativas de Peñalba para hacerme seguir viaje han quebrado en algo mis resoluciones. Seguir a Clara, convirtiéndola en meta de mi vida.

Pero no quiero hacer madeja del hilo que la suerte estira ante mis pasos. Hoy por hoy dejemos que los mástiles, trazando su línea sin huellas, hablen de futuro.

*

Peñalba ameniza el almuerzo con entusiastas descripciones de viajes pasados:

—Usted, amigo —concluye—, debe venir con nosotros a las Antillas, cruzar los Estados Unidos y embarcarse en San Francisco, rumbo a los países viejos.

Hipócritamente callo.

—Alcance siquiera a Jamaica. Si no ha vivido nunca en una isla, tendrá por primera vez la ocasión de juntar a la impresión vasta del mar, el goce de defenderse un poco de su inmensidad en un pedazo de tierra íntima. Las islas, mucho más que los continentes, se prestan a un sentimiento de posesión. La orilla, separándola del mundo, hace su alma más cercana para uno.

Arrogándome el privilegio de conceder, contesto la alocución convincente de Peñalba, autorizándolo a que decida por mí.

No sé qué pensará Clara Ordóñez. Paréceme haberle revelado mi secreto y quisiera estar solo frente a mi porvenir, que tal vez he definido.

*

A proa hay un ligero viento.

El mar se ha cuajado de escalofríos vívidos.

Abriéndose paso entre un cardumen de sardinas, el barco proyecta en derredor rayados reflejos de metal.

A veces el estriado desbande cambia de rumbo, tironeado por brusca imantación de terror colectivo, y es como una lluvia sesgada por fuerte viento.

Atraída por alimento compacto, una ballena ronda, oficiando de surtidor en el océano, que es todo de agua. Un tiburón, alejándose de nuestro encuentro, deriva lento con sus aletas dorsales a flor de ola. En familiar hilera de paseo, los delfines, inofensivos payasos submarinos, saltan una cuerda imaginaria. Los lobos de mar, aceitosos y humanos, asoman para respirar a fondo después de un choque que les ha deformado el hocico. Y los pájaros niños aprovechan la libertad del nado, sabiendo que en tierra, luego, bambolearán pequeños pasos de gente mareada.

Penetrando la cristalina tersura del océano muy pacífico, nuestras pupilas se dejan acaparar por aquel milagro vital, cuya causa y objeto ignoramos, para bien de nuestra fantasía, que suple con mentiras su ceguera.

Arriba, equilibrio y contraparte, revuela la gula de millares de aves. Los alcatraces aletean pesadamente en persecución de presas desconocidas y su cómica seriedad se pierde de pronto en un vertical zambullón de piedra. Los piqueros caen de a tres, de a cuatro, como frutas del aire descolgadas de inverosímil altura, para desaparecer en la onda con breve salpicadura espumosa.

Peñalba ríe de satisfacción junto al bauprés. A su derecha, apoyando los codos en la borda, Clara calla: silencio que se aparea al mío. Comienzo un cuento fantástico. Mi vida rima un poema que la elevará al rango de las vidas plenas. Mi suerte, cambiando el derrotero que me llevaba al Perú por la aventura de Jamaica, corre el albur de ser total en el placer o el dolor. Sin mayores vacilaciones he saltado y me siento en poder de una elevación, que lleva en sí el vértigo de una caída.

Orientaciones prefijadas, energías y ternuras del pasado, potencialidad de sentir, todo ha claudicado.

Clara Ordóñez está tan presente que aparto de ella la vista.

*

Con gran pausa viramos hacia estribor, apuntando a la costa.

Esforzándonos, logramos percibir algo como una negruzca colonia de mejillones resecada a la orilla. Es el puerto de Iquique.

La bahía se liberta del arrinconamiento de las montañas, que dan tregua a una playa curva, guarnecida de médanos rosados.

Para satisfacer su gula de mariscos y paltas, Peñalba me insta a que lo acompañe a tierra.

Grandes terrazas se refrescan bajo aleros espaciosos.

Costeando hacia el Sur, llegamos a un hotel cuyos pilotes avanzan unos metros el agua, formando rambla.

Una chica corre en el oro de su piel tostada, dando exuberantes chapuzones en los pequeños golfos de la orilla.

De las partes hondas suben hierbas marinas, mansamente acunadas por corrientes contrarias, y múltiples actinias colocadas en ventosa sobre las piedras del fondo, se dilatan como estrellados crisantemos amarillos y rojos.

Al lado de la mesa en que Peñalba saborea sus jaibas con atención de relojero absorbido por un trabajo prolijo, un loro de ecuatorianos brillos hace coqueterías de hermoso animal, en la vecindad de una jaula ocupada por los brincos de cuatro micos y dos ardillas lugareñas.

Constato que para ser turista hay que tener muy poco quehacer interior.

A las ocho estamos en el Aysen, justo a tiempo para no quedar hasta la próxima semana en la risueña Iquique.

Después de comer, Clara Ordóñez, que quisiera ver fosforescencias y tomar aire, me lleva a proa.

El viento se apoya en sus formas y le enfría los labios entreabiertos. Pobre organismo asoleado, miróla con asombro en esta nueva presencia más personal.

¿Es coquetería mostrarse así? Imprimo a mi voluntad su mayor fuerza, para írmele alma adentro y evitar la turbación que me sujeta en su belleza física.

Enero 15, A bordo del Aysen

En aguas de Arica.

Quisiera quedarme apartado de los hechos, cuya precisión desritma mi sentir. Pero ya mi vida no es mía, y Peñalba, acusándome de pereza, oblígame a vestirme, ignorando que todo esto va demasiado grande y que mi alma se está quedando atrás.

El Aysen ha anclado en el puerto de Arica.

A la derecha de la población, el morro se afirma como una frente porfiada, leyendo calma en el azul sereno que sabe viajar más allá de los horizontes.

Recuerdo los brindis al coronel López en Antofagasta.

El combate sangriento de unos cuantos hombres ha tenido lugar en el área de una meseta pequeña. Pero hoy veo la contraparte de la victoria: el capitán Ugarte, precipitando su caballo, previamente cegado por su poncho, barranca abajo de un centenar de metros cortados casi a pique. Agonía salvaje y breve. Confusión de hombre y bestia, sobrerrodándose con delgados rezagos de sangre y carne enganchada. Para final, un vibrátil temblor de músculos sin conciencia frente al mar que chista.

Finalizando un muelle de reparo hay un islote de guano ambarino. Para escapar de su hedor gomoso nos ponemos de acuerdo con un grupo de americanos, a fin de costear un tren especial a Tacna, donde almorzaremos.

Arica nos recibe con cariño.

Ya no sufrimos la descortesía de los Andes, cuyo desprecio inamovible nos detenía sobre un retazo de costa en pendiente.

Calles estrechas, adoquinadas con cantos rodados, suben y bajan en simples perspectivas de villorrio pobre. Casas bajas pintadas de lucientes colores claros, se agujerean de ventanas enrejadas y puertas hondas.

*

El tren nos espera. Clara se sienta en un lugar reservado por los organizadores del convoy (formato Cook) al lado de una americana. Yo tomo sitio con Peñalba, cuyos ojos se encienden de curiosidad por la tierra nueva.

Empieza a andar el trencito de coyunturas adoloridas. Aparece la irrevocable desolación de una llanura ondulada. A la izquierda se aleja el mar, de aspecto más consistente que el de la tierra quebradiza, en cuyos bajíos húmedos crece una maleza ríspida.

Afirma su dominio una planicie grisácea. Del mar, última presencia de color, no queda sino una barra en el horizonte. En el cielo blanquecino las nubes tienen suciedad de arpillera y la luz crea muecas arrugadas en los rostros de los viajeros, porque del desierto saltan a los ojos puntazos de sol rechazados por infinitas partículas de mica.

A la media hora, pesa sobre los pasajeros un cansancio caluroso. Hacia ambos lados prosíguese el mismo espectáculo aterido, mientras adelante hincha su esférica lisura una montaña, precediendo la ascensión progresiva de la cordillera, cuyos macizos disgregados de luz se recortan en aristas vidriosas sobre el cielo calcinado.

De Clara veo sólo un hombro, y Peñalba piensa con cuatro arrugas en el entrecejo. El silencio es una exhalación del suelo cocido.

*

En Tacna, para mayor regocijo de Peñalba, comemos langostinos de río, pasamos por el correo y vamos hasta las afueras a admirar el agua de las represas que surten la ciudad.

Sólo los indígenas justiprecian el milagroso líquido.

Al volver a nuestro tren. Clara Ordóñez me pide que maniobre hábilmente para ser su compañero de asiento.

Estamos muy cerca en el pequeño banco y me oprime la certeza de que voy a estar callado, de delatora manera.

Me alejo hasta donde el ridículo puede permitirlo, pero el vagón se mueve desasosegadamente sobre las vías, llenas de estúpidos zarandeos. Para hacerme más angosto, cruzo la pierna, lo que no corrige la anchura de mis hombros. Entonces siento que tengo que distraerme y me abalanzo a charlar sin saber a punto fijo si digo algo.

A poco constato en el caos de mi verborragia, una carrera de relatos personales. Cuento cosas mías. Hablo de mi familia, de mi infancia, de mis ambiciones.

Bruscamente me encuentro sin saber qué decir, exhausto como un potro de ijares temblorosos.

—¿Se acabó? —interroga Clara Ordóñez con leve acento de mofa.

Un deseo de libertarme me encabrita:

—El sentir de los otros —respondo— no la conmueve. Una vez ha estado usted afectuosa conmigo; fue frente a Taltal, cuando volvíamos de tierra con su hermano y me dijo usted que pensaba bien de mí. ¿Se acuerda?

—Me acuerdo —dice, para agregar muy luego duramente—: Usted es una criatura que no comprende nada de nada.

Sus manos se enervan y mira hacia afuera sin ver.

Un acobardamiento análogo al que debe experimentar un perro que recibe un puntapié anónimo debajo de una mesa, me da una triste idea de mi dignidad.

¡Si para esto ha querido que me siente a su lado!…

*

Al acostarme, un sobre apoyado contra el espejo de mi lavatorio me comunica un presentimiento que confirma la lectura.

Mi estimado Galván:

Creo que mi silencio y mi actitud de estos últimos días han pasado, sin sorprenderlo, por encima o por debajo de su comprensión. Usted ha pensado tal vez que me conducía con sobrado desparpajo y que no tenía derecho de imponerle situaciones desconfortables. Sin embargo… cuando se quiere a la gente, de amistad o de amor, es siempre con la secreta intención de hacer llover sobre ellos molestias y fastidios de todo género… Exagero sin duda un poco, pero confiese que costeo la verdad.

Más vale seguir adelante sin empantanarse en un sujeto tan vasto. Sigo, pues.

Sin haber sido sorprendido, admitamos que usted se haya librado, estos últimos días, a reflexiones poco cordiales sobre mi persona, puntuadas de exclamaciones de fatiga o de simples encogimientos de hombros. A esas reflexiones trato de contestar.

Inútil insistir sobre las palabras demasiado conocidas de Fígaro, que se apura en reír de todo por horror a las cataratas de lágrimas cocodrilescas. Inútil explicarle que mi caso no difiere enormemente del suyo.

Imagine que mi corazón fue como una vasta página blanca, en que se inscribían montones de grandes y pequeños sentimientos, y que me gustaba tenerla completamente desplegada, pues nada más que doblarla en dos me causaba ahogo y dolor. Y sucedió que un buen día la vida llamó al destino y le dijo:

Aquí tienes trabajo: dóblame esta hoja grande y tonta de tal modo que quede reducida al tamaño de una estampilla. El destino, encantado de desentumecer sus dedos, plegó la hoja, hasta dejarla cuadriculada de grietas dolorosas, de las cuales queda rían siempre cicatrices.

¿Me entiende?

Desde entonces, cuando hablo, no sé hablar más que de pequeñas cosas, tanto es así que las grandes tomaron la costumbre de quedarse apiladas y comprimidas en mí.

Cuando quisiera llorar, no sé más que burlarme de mí y caer en una impasibilidad intolerable, de la cual sufro como de una enfermedad o de un castigo. El enternecimiento, Galván, es la gracia, la gracia. El enternecimiento es un bienhecho al cual aspiro, como las caravanas perdidas en la arena deben aspirar al agua… Que la falta de originalidad de mi comparación no lo detenga. Yo no quiero decirle bellamente las cosas. Quiero solamente decírselas.

¡Y no le he dicho nada!… No le he dicho, por ejemplo, que le guardo una gratitud infinita de ser como es. Que le guardo una gratitud infinita de tener un corazón que hace crédito, un corazón sólido y amplio. No estoy acostumbrada a eso.

¿Me sigue usted comprendiendo?

No quiero que usted se imagine que paso sin ver, al lado de las cosas de que se me hace don. Lo hubiera tal vez hecho antes… cuando creía natural lo que hoy sé raro.

Y, además, tengo miedo en el fondo de que expresarme sea ya abusar de usted. No se tiene derecho a nada cuando se está en cierto estado de espíritu, y si uno lo olvida con el corazón, no lo olvida con la inteligencia.

Confiarse es ya pesar sobre los otros.

Le digo todo esto por la necesidad de estar para con usted libre de ello (tengo la manía de las cosas claras).

Cl. O.

Enero 16, A bordo del Aysen

Me despierto sobresaltado, buscando algo nuevo que debe estar a mi lado.

Mis brazos sólo atrapan la almohada, pero abajo de ésta encuentran mis dedos la carta de anoche.

Es muy tarde ya y me visto precipitadamente, pues siento que Clara Ordóñez debe estar sobre cubierta.

Me ha recibido cohibida y me hace seña de sentarme cerca. Tal vez tenga, como yo, la sensación de que en estos minutos vamos a expresar sentimientos que viven en nosotros con asombro de ser nuevo.

Hablamos de la carta, de la cual se muestra arrepentida. Siento que sufre de una falta de apoyo y trato de dárselo con protestas más o menos veladas. Enredados en sutilezas llegamos a no entendernos.

Bruscamente, como quien se despeña de una huella que se ha hecho demasiado angosta, le digo mi cariño.

Clara Ordóñez ha echado atrás la cabeza, sobre el respaldo del sillón, y un momento parece respirar con dificultad.

La sospecha de que me quiere ilumina mi inquietud al tiempo que su voz me dice nuestra próxima separación.

Le hago recordar que he delegado mi voluntad en Peñalba.

—Pues bien —dice empujando cada palabra con resolución—, si Carlos decide que usted venga con nosotros hasta Jamaica, su viaje, Galván, será nuestro viaje.

Desconcertado por la entonación de aquel «nuestro viaje», que contradice el abandono de su suerte en una tercera persona, quisiera saber el fondo de su pensar.

Con su modo, que no admite réplicas, me exige que la deje sola.

He pasado la tarde creyendo por momentos verla salir de su camarote.

El barco, el mar, la vista de la costa, los relatos de Peñalba, antes tan entretenidos, son distracciones ya imposibles. Lo que antes pudiera haberme apasionado como tema de primer plano, desvanécese en simple fondo de retrato.

Mi excitación me convierte en un constructor de disparatadas soluciones.

No sé si logro aparecer tranquilo ante Peñalba. La necesidad de simular atención me hace desear el fin inmediato de la comida y tan pronto como salgo a cubierta trato de ponerme a plomo exagerando una tenaz caminata.

Apáganse las luces, quitándome la tranquilidad de su presencia. Sale

Peñalba del bar con el capitán. Desaparece todo movimiento. Hácese denso y fuerte el aire salitroso. Las máquinas toman importancia de reloj en el silencio de nuestro andar tranquilo. Exhausto, siéntome en un banco, los codos en las rodillas, la frente en las manos, pensando cómo mi vida, distraída, ha ido concentrándose en sí misma, hasta llegar a este estado de cansancio y de duda.

Enero 17, A bordo del Aysen

Cualquier movimiento me parece inútil, como el rodar de una rueda de molino abandonado. A la tarde le he mandado dos líneas pidiendo una explicación. He recibido una corta respuesta:

Tenga confianza por lo menos en mi lealtad.

Clara.

La frase es insuficiente, pero encuentro cierta tranquilidad en repetírmela como un consejo.

Enero 18, A bordo del Aysen

Infiernillo-Costa del Perú.

Continúo diciendo palabras cuyo sentido se ha borrado como el color de las cosas muy usadas.

Vamos navegando próximos a una abrupta costa, rota en peñascos.

Hace una lúcida tarde, que días antes hubiera satisfecho mi ansia de espectáculos nuevos. Pero la duda que llevo dentro es como un ancla que me impide salir hacia la vida serena.

A estribor se agrupan cerros zarcos de bruma. A babor se extiende el gran letargo oceánico, bajo un cielo puro como un fantástico crepúsculo boreal, en el cual por capricho de no sé qué reflejo caen dos soles.

Desde el horizonte hasta la costa, al ras del agua, pasa un interrumpido alineamiento de patos negros. La proa avanza sobre ellos. La cinta viva cede en grande S para vencer el barco como un escollo inmóvil y seguir su rumbo pasajeramente estorbado, Pero en el perseverar la proa es más fuerte.

Una bruma blanquecina esfuma el horizonte y el agua es una segunda atmósfera en la cual podríamos caer indefinidamente, como una insignificante escoria de astro.

Entre Peñalba y yo, Clara Ordóñez se recuesta en la borda. La sorpresa de su llegada cae en mi distracción como un frío.

La tranquilidad de su fisonomía me hace sospechar una resolución y me aquieto en su presencia. Peñalba piensa en sus viajes en alta voz.

—¡A propósito! —exclama de golpe, dirigiéndose a mí—. Tenemos que arreglar cuentas de su pasaje a Jamaica.

El hombro de Clara Ordóñez roza el mío. Por mi brazo, apoyado sobre la madera de la borda, siento insinuarse su larga mano y quedo concentrado en aquel contacto. Lentamente maniobro para poder con disimulo llegar mis dedos hasta aquel gesto que es su consentimiento y nuestras palmas se adhieren, como si, desprovistas de piel, dejaran circular la misma sangre por los dos cuerpos.

Una nube se levanta del agua para sesgar de algodonada blancura la opacidad azul de las rocas costeras que surten noche.

Calma que se estira sobre mis días futuros como una sombra larga en un llano.

*

Me he vestido con cierto respeto por mi individuo, ahora elevado a mis propios ojos. No pienso en nada. Sólo me preocupa el moño de mi corbata o el acomodo estricto del peinado.

Clara me ha mirado de un modo nuevo. Sus gestos se han hecho más desligados, aunque conservan su curva consistencia felina. Tras la más pueril de sus actitudes duerme un ritmo seguro.

*

El salón del Aysen Contiene una paz desconocida. Los sillones y sillas, clavados en el piso, dicen su tonta bondad de ser pasivo. Uno que otro pasajero tiene apenas más importancia que un taburete.

En una banqueta nos hemos sentado, muy cerca. El calor de nuestras vidas sólo concluye en el extremo exterior de nuestros cuerpos.

Clara pretende que mi cariño ha venido al llamado del suyo y, aunque discuto, sus palabras tan pronto autoritarias como burlonas se oponen a mis protestas. Acorralado por la imposición de su mirada firme, encuentro como arma de defensa mis propias notas.

Clara quisiera verificar inmediatamente, y como tropezamos con los mil inconvenientes que a bordo se oponen a un aislamiento, me propone su camarote:

—A la una no podrá verlo entrar nadie.

El corto silencio que empleo en pensar los peligros de alguna indiscreción la irrita:

—¿Teme mancharme con una sospecha? ¡No sea hombre como las demás bestias!

*

Sentado en mi baúl de cabina releo mis garabatos, de pronto empobrecidos. Con grandes trazos de pluma, rayo desprecio sobre las frases más inhábiles.

A la una menos diez reparto entre mis bolsillos las hojas plegadas y salgo.

No hay nadie. El murmullo de las aguas cuyo frescor trae hasta mi frente una brisa dura, aquieta en algo mi desazón. Soslayado por aquel viento balsámico paso tres veces frente al camarote de Clara Ordóñez.

La puerta cede a mi presión sigilosa. Hostigado por la luz, cierro de golpe el ala de madera y corro el pasador, como si un duende debiera aprovechar la menor hendija para colarse tras de mí.

Clara me toma de la mano y me lleva hacia un diván, donde nos sentamos.

En mi hombro pesa su nuca. Mi mano libre ha caído hasta sus rodillas para enredarse en los dedos dóciles, y miro esa conjunción de nuestras pieles, cuya claridad aleja el fondo granate de la alfombra manchada de glaucos arabescos. Más allá adivino el reflejo broncíneo de los barrotes del lecho.

Clara dice:

—Lea; yo seguiré con los ojos el gesto de sus palabras.

*

Codo a codo revivimos pretéritas timideces. Es un caminar dual del que resucitamos detalles.

Pasan mis primeras impresiones. La actitud despechada que me sugiere su mutismo. Pronto aparece fresca en el aire serrano de la estación mendocina. En las calles de Santiago voy sintiéndome inhibido por su ausencia, y el modo, crudamente expresado, con que quiero resarcirme de su influencia la hace reír.

Llego a los párrafos que desmentirán su idea de que mi cariño ha obedecido al suyo.

Más quedo leo:

Siento que la única defensa ante el inmutable destino de hueso está en mi capacidad de amar, y toda restricción impuesta a mi naciente simpatía por Clara Ordóñez, que camina a mi lado, me parecen puertas que yo mismo cerrara a mi derecho de vivir. La realidad que puedo oponer a esta otra abrumante que me envuelve está en sus labios de mujer y tengo la obligación de refugiarme en ellos.

¿Tomaré a la muerte por testigo?

*

Pasan sesenta gruesas pulsaciones, decreciendo como ecos de un golpe.

Los dedos de Clara aprietan mi brazo en movimiento alternado.

La expresión dolorosa de su rostro cercano llama un ademán de consuelo. Mis manos oprimen ligeramente sus mejillas, y la boca, que he temido por la voluntad de sus líneas netas, avanza en pueril mimo de reciente llanto. Mis labios buscan adormirse en su frente alisada por la quietud huyente de sus cejas. Clara me aleja con mano liviana de enfermo, diciendo que es hora de recordar mi prudencia de hoy.

Me dejo conducir sin porfía, aunque con baja vergüenza de no haber sabido aprovechar una ocasión. Mientras tuerzo el picaporte, algo en sus ojos me dice su cobardía. La aprieto en mis brazos. Su boca, misteriosamente viva, está demasiado próxima. Siento nuestros corazones golpear en la puerta el uno del otro. Nuestros labios son dos tajos de nuestra carne que cicatrizan unidos.

Penosamente me arranco y salgo a pasos precipitados, cerrando tras de mí la puerta como si fuera a perseguirme una fuerza tenaz que me obligara a obrar contra mi respeto.

En mi desierta cucheta hago vanos esfuerzos para dormir, hasta que el chorro de la manga sobre cubierta, el raspado de los cepillos y la multitud presurosa de los pies descalzos ayudan con su compañía a que mi postración nerviosa caiga en el letargo de un sueño atormentado.

Enero 19, A bordo del Aysen

Clara advierte que aún nos queda mucho por decir.

—Lo de anoche —arguye ante mi arrepentimiento— fue lo que debió ser. Haber puesto en un día toda la exaltación de una felicidad encontrada, puede excusarnos.

Clara, aunque explica la turbación de anoche, busca defensa en la compañía de su hermano.

Es, pues, un día de descanso.

Gocemos este silencio entre dos gritos. Contentémonos con pueriles sonrisas, fugaces encuentros de manos y otras baratijas de amor.

Estirémonos silenciosos en sillas largas, un poco languidecentes por el calor que deshilacha todo pensamiento.

Enero 20, A bordo del Aysen

Hoy le diré, como ayer, como mañana, que la quiero. ¿Y lo que no sé? ¿Sus gestos, sus palabras?

El día de hoy va a ser la vida.

Entretanto salgo a cubierta, donde encuentro a Peñalba.

—Pronto llegamos a Paita —dice.

Para decir la verdad, he olvidado completamente los puertos. Sé que hemos estado en Moliendo y en el Callao, porque recuerdo el paisaje que corresponde a cada palabra dicha por Clara.

¿Qué será Paita?

Vamos ya entrando en la rada. Son las once y Clara, habitualmente matinal, no ha aparecido.

Sintiéndome solo de ella, entro en el escritorio para escribirle. Con una facilidad que me sorprende, voy expresando mis sentimientos.

Apenas doblo e introduzco las hojas en un sobre, entra Clara. El sobre pasa rápidamente de mis manos a las suyas.

El barco ha fondeado. Por las cubiertas se codea una mescolanza de indios y pasajeros.

He empezado a leer con ella, pero me distraigo en los pliegues que sobre su pecho hace la seda liviana en la piel de su brazo, que devuelve el sol del viaje en su rostro próximo.

Bajo sus pestañas veo los ojos seguir una línea, saltar a otra. Tiene recogidas las cejas en leve esfuerzo. La boca, abstraída, parece también mirar. Su alma está atenta a la mía, que va leyendo.

Pasa una hoja. Las yemas de sus dedos están pálidas de apretar los papeles. Sobre su antebrazo cae un lunar de sol que oscila. Los ojos apuran su movimiento de quebrado descenso, entre las pestañas levemente agitadas. Dos dientes han aparecido apenas, mordiendo el labio, que tira con pequeños gestos reflejos, queriendo libertarse.

Clara respira hondo.

—No me mire —dice con una voz cuya emoción disimula en la brevedad seca de sus tres palabras.

Cae otra hoja. Los papeles se apoyan sobre el pequeño escritorio y la mano, así libre, se estira hacia la mía.

—No me mire —repite sin levantar la vista.

Una mueca dolorosa se resiste en la frente, tirita en los labios heroicamente apretados; las alas móviles de la nariz se afinan y dilatan. Con leve papirotazo suena sobre el papel la gota de una lágrima.

La última hoja ha caído. Clara vibra en silente sollozo. Su mano se aferra a la mía en descarnado apretón, casi óseo.

—Marcos… no sufra por mí; esto es La Gracia.

Siento en la frente una pesadez de plomo: intensidad sensitiva. Flota sobre mí un poder más que humano. Su llanto continúa lento, bienhechor, lleno de futuras eclosiones, como una lluvia buena sobre el mundo. Paréceme tocar algo más que lo explicable, y estoy quieto, henchido de gratitud, lleno de amor, rutilante y expansivo como una luz.

Mientras callamos, crece mi exaltación, si es que puedo llamar así al estado de sereno éxtasis que me enajena. Tengo de pronto la certeza de que el infinito está presente. Lo veo y abrazo en mí, con una facultad momentánea más fuerte que toda razón. Se definitivamente lo que es. A pesar del desenlace forzoso de mi vida, comprendo que he vencido la muerte y el tiempo en ese instante en que, fuera de mi limitación individual, unido con Clara, he sido el amor mismo en todo su poder abstracto, que rige el universo nacido de su serenidad.

Pero hemos despertado y no podemos hablar.

Todo lo dicho nos aparece como un simple encuentro de nuestros pobres cerebros limitados a la palabra torpe, para llegar a este momento vidente, claro e inexplicable.

En adelante discutiremos nuestras mezquindades terrestres, como más tarde acordaremos nuestros cuerpos. Ya lo esencial nos liga fuera de nosotros mismos, por encima de nuestra capacidad de expresión y continuará flotando sobre nosotros, inmutable e indefinible.

—Clara —digo, por fin—. El amor es nuestro único medio. Nadie llega sino por su camino. Por él, Dios se ha dado al hombre. Por él, hemos comprendido esto. Busquemos siempre esta elevación. Recemos así, porque es la suma obediencia y el momento de acercarse hasta confundirse con el poder divino.

Clara me mira, sonríe de adentro y sabe que no es necesario responder.

Peñalba, que es nuestra voluntad, porque nosotros tenemos demasiado que hacer interior, viene a buscarnos para almorzar.

Nos movemos un poco como autómatas.

La mitad de las mesas están desocupadas. El servicio parece malo. El olor de la comida se mezcla a un nauseabundo vaho que nos viene de cubierta, donde siguen hormigueando los indígenas, bajo la carga de sus alforjas de recios colores.

A los postres, Clara desaparece.

El Aysen va a partir. Los vendedores dan por nada lo que hoy valía cinco o seis libras. Un recrudecimiento de discusiones agita breves tumultos movedizos.

Una indígena cuya vejez personal se duplica de una vejez de raza se atarda llevando sobre su hombro un loro disparatadamente coloreado, que se complace en la algarabía cortándola con chillidos, balanceándose como un director de orquesta. La anciana costea la marcha de sus compañeros, con evidente repugnancia, por pisotones y codazos. Pero un marinero inglés la empuja con toda la grosería que le otorga la superioridad de su raza. Él ha dividido su vida en lotes y va ingiriéndola sin paladear. Sólo los réprobos, en su entendimiento, se atardan a la vera de la civilización y es bueno saber dictar leyes con varas.

La viejecita levanta hacia nosotros su primitivo rostro incásico y, tomándonos por testigos, dice simplemente:

—Gringos groseros.

Atahualpa debió pensar lo mismo ante la codicia que hacía oro de sus dioses. Tal vez los últimos sobrevivientes de la raza usen las mismas palabras, cuando desaparezcan bajo una grosería definitiva.

De las barcazas queda un eco de voces lejanas.

Un poco de atavismo y mis sentimientos actuales me llevan a pensar con odio en la cultura utilitaria que Europa está haciendo abortar en sangre.

—¡Oh la vida de amor de los puros profetas, que florecieron con quietud de loto sobre el estanque pulido de la vida oriental!

Clara me ha dicho que a la una me espera.

En los sillones del saloncito se estiran curiosos que han venido a disfrutar de la música o a leer un diario, una revista, un libro, encantados por el ruido agradable.

Inquieto voy a mi camarote, busco un cigarro, doy la vuelta de cubierta, vuelvo afanado en empujar las horas con la estúpida ilusión del impaciente que cree apurar el tiempo moviéndose.

*

Aunque no es la hora convenida, entro al camarote de Clara.

—¿Qué es eso, Marcos?

—Impaciencia. He estado sobre cubierta en busca de calma. No queda afuera sino la pareja americana.

—¿La chica morena que encuentran bonita?

—La misma… Sentada en las faldas del grandote de los sacos hercúleos.

—¿Por qué habla con ese enojo?

—Me molesta esa otra cosa que se parece a la nuestra.

El ventilador vibra como ala transparente de insecto prendido en un clavo. Clara dilata su nariz al viento artificial como ante una llanura. Su cuerpo se ablanda en sensación calmante.

—¿Por qué no me mira?

—Contestar un gesto de cariño con otro —dice quedo— es perder un poco la dádiva. Un beso devuelto deforma el gesto de la boca que besa.

Para evitar palabras que nos despertarían, siéntome a sus pies, apoyo mi cabeza en sus rodillas.

Como un acto de reciprocidad para con mi lectura, pido que me cuente recuerdos suyos.

La luz dormida del camarote, en cuya paz se bañan los muebles precarios y se desmayan los colores de las cortinas, el ambiente que en el pequeño cuarto ambulante ha creado nuestro sentir, todo lo que hay en las maderas, géneros y tapices, de pasajera e intensa intimidad, se va a alejar de nosotros como apartado por las palabras de Clara, cuya ilación expresará el resumen de su vida. Nuestros sentidos van a vivir en sordina, dando paso al privilegio de nuestra imaginación, capaz de trasladarnos en el espacio y en el tiempo.

Con voluntaria tensión auditiva avaloro los velos de emoción que, en intensidades o caídas de tono, hacen vacilar la seguridad del relato:

Una casa patriarcal. Aire triste encerrado en grandes aposentos sonoros como campanas. Institutrices, profesores de música y de artes caseras, delante de una niña de ojos claros y rodillas lastimadas de travesuras. A veces una fiesta en los hieráticos salones hace en la vida monacal un resplandor de luces. Aro de una joya sobre un traje de luto. Entonces la chica prevé una rotación de baile en los rasos crujientes, cuyos colores vivificarán la líquida indiferencia de sus iris.

Crecimiento. Veraneo en la gran quinta de Morón. Lecturas en bibliotecas de estupidez organizada, en que los sentimentalismos se amontonan so pretexto de exaltadas amistades.

Una madre cariñosa y lejana. Un padre que representa severamente el orden.

Las rodillas, afinándose, exigen que se alargue el vestido. Mayor sentimiento de soledad en el jardín, que cobra importancia por su cordialidad para con los ensueños atontados.

Una calle de plátanos, otra de paraísos, una araucaria cuya fuerza da sombra cerca de un paredón cubierto de vidrios rotos y trozos de botella. Y un lago artificial lleno de sapos y ranas que cantan a los días de lluvia o tormenta.

De pronto, un viaje a Europa. Ni amigos ni relaciones a no ser los de los padres, que politiquean y hablan desde la cima de sus cincuenta años. Las primeras inquietudes de mujer, pasadas a la pretina de mademoiselle, fea, descreída y romántica en el ridículo.

Y tan inesperada es la vuelta como la partida.

La que ya es mujer comienza la vida que deseó siendo niña: fiestas, teatros, bailes. Es una intelectual porque así lo quieren las señoras de edad, los graves políticos y algún analfabeto que trajo la noticia de Europa.

Entretanto, el cuidado paterno la mima como a un criminal. Imposible salir sin custodia, imposible tener amigos sin inmediata sospecha, imposible vivir porque una niña «debe cuidarse de espontaneidades».

Por fin, el desenlace: el matrimonio a ojos cerrados y la consiguiente tragedia de la brutalidad.

Clara no quiere dar detalles ni se los pido. No tengo celos. Más bien siento libertad en el pasado que nada me puede quitar de su afecto.

Afuera el mar se tiende suave y largo como una cuerda musical vibrando en sordina. Algo late en el alma del barco y cuchichea el agua envolvente contra sus flancos lisos. La cabeza cargada de ternura, pienso en el mundo vasto, en el andar de las cosas aparentemente inertes, en las masas enormes de agua trabajando en formar y deformar continentes, en el mundo millonario de vidas que nada saben de su objeto. Y gozo infinitamente de sentirnos pequeños, sin importancia, desprendidos de la estúpida pretensión del hombre vano, valiendo sólo por nosotros aferrados el uno al otro como dos ínfimas cosas que buscan sumarse, anhelando un más allá.

Única misión, en verdad, para los que pasamos tan pronto y sin saber para qué. Llegar al absoluto olvido, que es como morir ejerciendo la vida. Ser atracción inevitable y luego despertar, ansiosamente consciente de su carne mortal y pensamiento inútil para balbucir de impotencia mil gestos aproximativos.

Dolor de nunca llegar por quien se agranda el deseo.

Es ya tarde. Clara ha inmovilizado sus dedos, que fluían calma entre mis cabellos.

Enero 21, A bordo del Aysen

Clara está enferma. Me siento perdido en el barco, con mis aprensiones a cuesta. Los indígenas de ayer, pesadilla insidiosa, se cuelan entre nosotros, deseosos de contagiarnos su fiebre amarilla con idiosincrasia de pueblo leproso.

A efecto de paliar mis inquietudes, refúgiome en mi soledad.

Pasa el calor, cae la humedad nocturna.

Tengo embotada la cabeza y quedo dormido en mi cucheta, hasta que un mozo me despierta advirtiéndome que los pasajeros están ya en la mesa.

Peñalba me informa de la mejoría de Clara. Mis miedos desaparecen. Mis sentidos reciben gozosamente las impresiones del primer plan.

A las nueve y diez de la noche pasamos la línea. Peñalba habla con el capitán de la temperatura increíble. El débil resplandor de una bomba eléctrica, pegada al techo sobre nuestras cabezas, hace enérgicas sus facciones, sobre las cuales se desplazan, huyendo de la luz, recortados huecos negros.

Los barrotes blancos de la borda, atravesados por pilares en trechos iguales, construyen sobre el fondo marino, de movediza oscuridad densa, un liviano pentagrama sin música.

*

Clara ha estado ayer apoyada en él y entonces no parecía así desnudo.

Amanece nublado. El agua se alisa en lívidas vislumbres de estaño. Peñalba me ha mostrado un pez volador y un pájaro, caídos anoche sobre cubierta.

Clara se sienta en un sillón, previamente, arrellenado de almohadones blandos y frescos.

Se ha puesto a llover. El horizonte se restringe, limitado por el cortinaje turbio. El mar se corta en breves olas espumosas. El agua es incolora, oscura y el cielo insulso, como una lona. Es bueno arrinconarse al abrigo del ritmo monótono, que enternece nuestra oceánica soledad en la bruma ciega.

Apoyado el codo en su silla, para no levantar la voz, leo la continuación de mis notas, que he traído para satisfacerla.

Como un par de viejos, afligidos de senil ternura ante el mágico cristal de un agua embrujada, vemos reproducirse nuestras vidas en diminutas representaciones.

El automóvil corre por el pésimo camino de Santiago a Valparaíso. La carretera blanca sé corta en la franja de un río, azul como una hilacha de cielo.

Detención y forzado almuerzo campestre, mientras el mediodía cae a pique, cortándose en la alameda que nos encierra como una empalizada. Un roto nos mira desde el alambrado, como chimango hambriento de ojos.

Espera en el Curacaví de los bueyes blancos y las casas lunares. Llegada al puerto de Valparaíso, que mira el mar con millares de gotas tiradas a nuestros pies en desorden de nebulosa.

Muy pronto el Aysen viene hacia nosotros navegando en calma.

Volviendo de Taltal, deposito en sus faldas una de las tres flores del pueblito árido. Pero desde Antofagasta, Clara es nuestra compañera…

De pronto llega Peñalba y pongo la conversación al margen de generalidades.

La bruma ha despejado. Sobre el mar persiste un calor tormentoso. A lo lejos las nubes, precisas como chapas de metal, ribeteadas de luminosos filos, se rajan sobre crecientes retazos de cielo ilimitado. El silencio se concentra en la proa insistente y enmudecemos, sugestionados una vez más por el fenómeno planetario del crepúsculo. La sensación ampulosa de final, que nos da la tarde en mengua, nos recuerda que mañana anclaremos en el golfo de Panamá, prontos a cortar el continente.

—¿Se acuerda, Galván —dice Peñalba—, cómo hablábamos de la

influencia nueva al cruzar la cordillera y de los proyectos que podían zarpar de Valparaíso? Ahora nacemos a la probabilidad de mil ilusiones distintas.

Enero 23, A bordo del Aysen

Hace un día rutilante de luz. La temperatura es agradable y el mar azul sorbe el sol, librándonos de las reverberaciones que a esta hora han de volver inaguantable la vida en tierra.

Por las amuras de babor avístase una franja de densa bruma que delata el continente. A proa, unas montañas significan una isla. El barco exuda la alegría de una pronta llegada, en la bonanza luminosa de esta mañana.

A las cinco, entre los islotes mondos de vegetación, divisamos la blanca ciudad de Balboa. Desprendiéndose de tierra, revuelan espiraleando negras gaviotas, que ascienden en círculos hasta perderse como rayas sus alas afiladas de viento.

El mar se salpica de vellones níveos y un aire de tropical pesadez hace desvariar a Peñalba, que comenta selvas de la India fantástica.

*

El esfuerzo de las máquinas ha dejado de acompasar tiempo y distancia en el interior del barco. Ya no retuerce el agua la hélice propulsora. Muere el impulso en decreciente deslizamiento que, a poco, para en silente estabilización. El frescor del viento creado por la marcha ha cesado y la sombra crepuscular se nos está cayendo encima como un mandato de inmovilidad.

Suenan a intervalos irregulares los gruesos eslabones de la cadena que va largando detenidamente el ancla. Del puente de comando grita una orden y todo se vuelve mudo, a la expectativa de un hecho importante. Nada acontece.

La paz de la bahía se extiende.

La blancura de Balboa se suaviza.

La costa, los islotes, se van borrando y el agua, en nuestro derredor, une y separa reflejos con untuosa lentitud. En la sombra del barco saltan, como escamas, retazos de cielo gris.

—Qué quietud —dice Clara.

—La quietud del trópico; parece que se estuviera más en las cosas.

—¿Cómo así?

Difícil explicarme. Uno llega más a la materia y es casi un placer observar que las cosas no tienen espiritualidad. Siento el agua por el agua, la luz por la luz, el aire por el aire, y atribuirles un algo aparte de lo percibido por los sentidos me parece desvirtuar el goce.

—Peligroso.

Vuelve a hacer silencio en nosotros el crepúsculo del golfo terso. Una gota de luz se estrella contra la espesa oscuridad de un islote, que emerge centralizando noche sobre la densidad translúcida del mar. Los faros comienzan a mirar en derredor, proyectando astillas de claridad.

El hemisferio boreal se puebla de luminares desconocidos. Balboa se acribilla de chispas inmóviles. La noche, aislándonos, nos acerca y la mano de Clara, como fosforescente de vida, se ablanda en vago claror.

—¡Si pudiéramos alargar estas horas!

—¿No tiene fe en lo venidero?

—Mañana es siempre un interrogante.

—Mañana será Jamaica.

—¿Y eso significa?

—Eso significa nosotros… ¡Yo, si quiere!…

Clara se acerca, los ojos de acero entrecerrados.

De pronto me encuentro solo, incapaz de verificar si es real la sensación de mis labios.

El silencio en torno se magnifica. Mi felicidad es pesada como el agua siempre en trabajo.

*

Las pequeñas obligaciones de cortesía se me tacen pesadas. Primero vamos al bar, después el salón, luego paseamos en comitiva.

Recién a las once y media, Clara me lleva a proa, se sienta sobre la base del botalón y se recoge en sus vestidos.

—Venga aquí y hágame un lugar para apoyar mi cabeza en su hombro. ¿Está cómodo? Quedémonos quietos. No diga nada, nada.

Clara busca en pequeñas rectificaciones la posición más sostenible. El barco se duerme soliviado por el agua de lentas ondas. Una brisa refresca el nacimiento de nuestros cabellos. Un mechón de su pelo vibra, cosquilleando nuestras frentes tranquilizadas por el apretón de la noche engrandecida de reposo. Las constelaciones gotean todo su oro sobre el sueño umbrío del mundo. Es bueno dejar que la vista se estire hacia las lejanías. Mirar muy lejos es algo así como cerrar los ojos.

Somos uno en la calma. Sé que tengo un brazo porque en él pesa su espalda, sé que tengo un hombro porque sobre él se apoya su cabeza. De mis otros miembros gozo un olvido absoluto.

Suena un campanazo claro, quedando suspenso en el aire, para luego esfumarse hacia el llamado de las luces de Balboa, extáticos sonidos engarzados en la costa.

—¿Ha oído?

—Sí…

Es un guión con la vida de los demás.

—Olvidémoslo.

Sigue habiendo astros y silencio.

Enero 24, A bordo del Aysen

Zona del Canal.

El comando hace levar anclas. Balboa queda a nuestra derecha, en caserío confuso, y avistamos las construcciones de Ancón. El canal tiende su barra de luz sobre un bajío cenagoso. En una ría adyacente, una fila de maquinarias viejas concluye de herrumbrarse.

Deslizándonos sin prisa nos acercamos a las esclusas de Miraflores, entre dos muros de concreto, cuyos lomos claros, rayados de sendas vías y cremalleras, suben en mansa curva, con doble torsión de S.

Por los rieles, hacia nosotros, bajan los tractores a vapor, flanqueados de un pelotón de negros que ha de operar la atadura de los cables.

Queda sujeto el barco por los cuatro costados, como si fuera a sometérsele al suplicio de Atahualpa; dan principio a andar las mulitas de proa. Los gigantescos batientes de la puerta férrea se abren ante nosotros y arrastrados por los grisáceos escarabajos de metal, que repechan la empinada cuesta, entramos en la esclusa. Volvemos a ser tirados de cuatro diferentes puntos hasta cobrar estabilidad perfecta. La puerta se ha cerrado a popa y antes de que acordemos, comienza el agua a borbotear en torno al barco en un hervor parejo.

La gente que desde los paredones nos miraban inclinando la cabeza está a nuestro nivel. La perspectiva ha crecido. Vemos lejanías selváticas, una gran represa, construcciones techadas de rojo.

El pasaje grita como en un colosal Luna Park.

Hemos salido a un lago, orillado de verde.

Las casas de la administración tienen jardines cuidados. Y se experimenta el deseo de vivir en la quietud solitaria de estar ahí, siempre quedándose, cuando otros pasan.

Pero el sol alto nos echa encima un calor basto.

*

Desde el comedor, donde nos hemos refugiado, presenciamos nuestra subida en la esclusa de Pedro Miguel. Operación mecánica que no vale más ni menos que la anterior. Luego navegamos por el Paso de la Culebra, entre paredones tallados en la tierra anaranjada que a veces se derrumba en obstrucciones.

Dragas, guinches y hombres minúsculos sudan y gritan en las heridas de los cerros.

Corre un poco de viento.

Las costas apretadas del canal se han desvanecido ante una napa de agua chata y azul.

A la derecha, sobre la desembocadura de un río ancho, cruza un puente.

Peñalba explica:

—Desde aquí seguiremos hasta Gatún, el cauce desbordado del río Chagres. El pequeño diluvio producido por las obras nos va a proporcionar un espectáculo curioso, si se cree en las impresiones de los que han visto.

Respiro hondamente. El aire, penetrando en mi pecho, irradia hasta la última ramificación de mis bronquios, una plenitud tranquila. Cierro los ojos para anegarme en esta sensación de calor, diciéndome que en esta pesadez tangible florecerán en carne mis amores de novio.

Clara se estira en su silla, abstraída tal vez por pensamientos paralelos a los míos.

*

Como impulsados por una corriente que la superficie esconde bajo el misterio de su lisura, avanzamos en un extraño paisaje de tristeza.

Por las vastas regiones anegadas se extiende un bosque desprovisto deshojas; ejército de esqueletos en pie, cuyos últimos huesos se pudren de humedad. Las raíces beben como un alcohol aquella sobrada abundancia y una muerte por saciedad ha subido a lo largo de los troncos. En las ramas que conservan una engañosa apariencia de sopor invernal, perduran algunas lianas y flores del aire, nutridas por el veneno que las matará con exacerbaciones de paraíso artificial. Necrópolis botánica que se agranda kilométricamente, como si quisiera apoderarse del mundo.

Las obras de Gatún, a pesar de su exclusión de la naturaleza, vienen a ser un descanso.

Nuevamente nos distrae la atadura de los cables, el llamado de las férreas fauces, el descenso del agua hasta llegar a la reposante convicción de estar en el orden natural de las cosas.

Sólo nos queda navegar a la chata altura del océano, que sirve de punto inicial para medir las cimas.

Crepúsculo.

A nuestra derecha se desprende, como un afluente, el primitivo canal del proyecto francés.

Las proximidades boscosas se turban de inquietudes nocturnas y llegamos a los diques de Colón, a los cuales atracamos en sabia maniobra, para pasar la noche ya presente en su plúmbea oscuridad.

Apenas si comentamos la repentina agravación de temperatura que nos enerva en sudoroso desasosiego. Tenemos, sin embargo, curiosidad para agacharnos hacia el muelle, agitado por una pululante negrada, vestida con blancos uniformes de peón aduanero, que se entrecruza en viajes inútiles con pomposa gravedad de chimpancé.

Entre vaivenes pasan, como cometas de órbita desconocidas, unos carritos automóviles guiados por motosos africanos ascendidos a American citizen, y todo un placer de mico adulto hace muecas bruscas en los sudorosos rostros, alumbrados por los faros de sus ojos inquietos.

Las dos alegres notas que piden paso para el movedizo vehículo, ríen de las piruetas que se esquivan delante de él, con repentino olvido de la dignidad humana.

Un mulato, cuya tendencia a la blancura realza un par de galones, apunta en una hoja de su libreta el detalle de un lote de baúles, como Moisés debió de inscribir en sus tablas los diez mandamientos de la ley de Dios.

Afuera, el puerto chapotea sus aguas turbias, metalizadas por reflejos de luz artificial, y un tufo caliginoso sube de su líquida inquietud de hidrargiro.

*

El trabajo de descarga, en tanto, ha comenzado y cadenas y ganchos y grúas chirrían, haciendo retemblar el barco al impulso de sus motores, mientras los negros vuelven útil su antes descompasada actividad.

Los brazos irradian una pesada atmósfera, cuya fiebre se aumenta en la luz chillona de los cretosos focos eléctricos. Y de adentro del galpón sale un vagaroso olor a depósito.

Un polvillo flota en aquel ajetreo. La gente grita en la atronadora actividad de metal y sobre los miembros negros rebrilla en hilos el sudor, con untuosidad de aceite.

*

Siéndonos imposible permanecer esclavizados por la brutalidad de aquellos hierros y engranajes, que mastican el silencio con estridencia, nos vamos en busca de más calma y de alguna ficción de aire.

En el puente superior, aunque la noche perdura inmóvil, ganamos algo en cuanto a espacio: posibilidad de una fuga.

Atracado al muelle vecino, otro barco trabaja con idéntico estrépito. Por detrás se ensucia el cielo con el resplandor de la ciudad.

Las sienes oprimidas por el letargo de las aguas sórdidas, trato de imaginar las calles de Colón, su hotel, sus habitantes, y una promesa de vida nueva vence mi sopor, mientras a pocos pasos la figura de Clara, luminosa en sus ropas blancas, se agobia en una exageración de sensaciones físicas.

*

No puedo apuntar las tres malas horas pasadas en desconsoladora torpeza, atento a las molestias externas de las cuales dependo como de una jaqueca.

El capitán del Aysen ha ofrecido a Clara una hamaca estirada entre dos barrotes del puente, Peñalba se ha arreglado una especie de lecho con sillas y almohadones. Solo, tendré que encerrarme en mi camarote, cuya estrechez cobra cariz de cepo. Sin embargo, he encontrado que el minúsculo cuarto ensordece los tumultos de descarga y el ventilador, dormido en su serena nota de trompo, surte la única brisa posible a bordo.

*

Pronto trato de dormir.

Mi sueño, aunque burdo, pone, entre el mundo y mi conciencia un velo anestésico.

A las doce, una inmensa gritería de tribu me despierta…; pero sólo mañana sabré que es el saludo de los negros que vienen para el relevo.

Enero 25, En Colón

Desembarcados, gozamos amplitud.

Transpuesta la aduana llena de bullangueros requisitos en lengua extraña, recorremos someramente la ciudad. Una larga calle plasmada de vidrieras, en las que alternan muestrarios de tienda, farmacias, almacenes y joyerías, nos lleva a una ruta flanqueada de altas palmaras de tronco retorcido, que rompen en su punta las largas hojas de un desorden verde.

Casas de madera techadas de zinc, con grandes ventanas recubiertas de alambre tejido, acogen el aire manso de un clima que ignora el frío.

Las calles estrechas son suficientes al tráfico; peatones, victorias y automóviles escasos.

En los balcones, las veredas y los coches, negros, negros y más negros, que trabajan sometidamente, ríen, bailan o se linchan. Para ellos hay barrios especiales, trenes especiales, torturas especiales; carne de oscuridad, cerebros abrumados de primitivismo.

El aire se llena de alegría africana. Cada vehículo tiene su ruido o campanilla de anuncio, sonante y pueril como idioma de chiche.

Colijo que soñaré con villorrios de azabache, ébano y alquitrán, vistos al través de anteojos ahumados, y cuyos ciudadanos tendrán por toda misión, doblar esquinas anunciándose de una manera especial.

Y grandes lampos de risa blanca: privilegio de claridad para nosotros imposible.

*

El edificio del Washington Hotel ostenta un aparatoso estilo colonial de cemento armado. Sus muebles, parcamente distribuidos, auguran bienestar y maravillan sus ventanas, abiertas sobre el mar Caribe: inmensa alegría azul, bajo el cielo límpido.

En el aposento de paredes blanqueadas resalta el lecho bueno y el agua que corre de las canillas al pequeño baño, en el cuarto de brillantes baldosas, predice un descanso fresco.

Asomado a una ventana para apropiarme de mi impresión de llegada, me aboco en el más deseable tema de contemplación. Estoy ante una de aquellas imágenes de libros fantásticos, que dejaban perpleja la admiración de mi niñez. Esto es ridículo a fuerza de ser perfecto.

*

He tomado mi baño. La cama se me antoja enorme. Me estiro desmesuradamente, buscando los lugares nuevos.

La luz, lejos de incomodarme, me da la ilusión de que algo bueno velará mi sueño. Bondades de cuna.

¿Clara? La siento caminar en el cuarto vecino. La almohada refresca mis orejas y es blanda; todo mi cuerpo desaparece en gozosa comodidad. Mis articulaciones se aflojan en completa cesación de esfuerzo; parece que voy a disgregarme, transformado en placentero descanso. Y el mundo se va de mí en imágenes cada vez más imprecisas.

*

Tengo al despertarme el contento de encontrar las cosas como las había dejado: el mar frente a mi ventana, el aire denso del trópico, las casuchas negras, los africanos risueños y mi existencia agrandada por un milagro. Perezosamente me estiro mirándome las manos, que son manos de hombre feliz.

Clara golpea en mi puerta para decirme que va a salir con Peñalba.

El deseo de verla me aliviana los dedos y pronto tomo el ascensor, en el cual bajo dos pisos en compañía de un groom: negro de los más auténticos.

En el hall están Peñalba y Clara.

Mientras bajamos las gradas de una escalera, defendida del sol por un techado en recova de pretendido estilo colonial, nos hace señas sonrientes una hilera de cocheros, sentados en pescantes de demodadas victorias, bajo quitasoles de tela blancuzca. Me sorprende siempre la simpatía de esa risa, que hace en las caras obscuras un gesto de castaña reventando de calor.

Entre tanto, la desgarbada fusta en cola de hipopótamo cae sobre los óseos flancos de la jaca, el cochero jamaiquino inicia una conversación con Peñalba:

—Oh massa, Jamaica very pretty land… much cattle, sugar-cane and coconuts, nice hills and big cotton-trees… I'm born in Brown-Town… my name is Charlie Pine!

Sigue un chorro de entusiasmo que Peñalba escucha bondadosamente y yo entiendo a medias.

En la plaza, una gesticulante negrada de siete a catorce años juega al baseball, arrojando la pelota con largo gesto suelto o parando el golpe con un guante deforme, como una mano extraída de un avispero.

Llegando a la calle principal despachamos el vehículo y por la sombra de las recovas vamos mirando las vidrieras.

—Vea, amigo —dice Peñalba, contento como un estanciero que muestra la excelencia de sus prados—. Esto no es original en su conjunto ni excelente en sus partes. Basta un sol meridiano, trajes claros de brin, pieles bronceadas o negras, sombras azules en los caminos blanquecinos y paredes de cal, olor a mar, a frutas y picantes, clamor de voces nítidas que dicen desde el piropo hasta el insulto en mil idiomas desconocidos y armoniosos, para desparramarlo a uno por sobre todos los puertos de colonia, con su característico aspecto de bric a brac humano, sudando vida bajo el sol.

Nada cansa como el andar por un país nuevo, atento a tipos y cosas, entrando en veinte negocios, oyendo cincuenta pronunciaciones de inglés, idioma de conquista conquistado, sobre todo cuando no se puede hablar con Clara, y por eso recuerdo a Peñalba la hora tardía.

*

Muy mal se come en el cuidado comedor de grandes ventanales, ornado de coquetas cortinas que desmienten la monacal blancura del recinto.

Fiambres, sopas calientes, carnes y postres, son servidos casi a un tiempo, en hábiles equivocaciones gastronómicas.

Peñalba mira con estupor aquel galimatías culinario.

—Éstas son cosas —dice— para tirarse en el estómago a fin de mantener el fuego en la caldera. Lamento poseer un paladar que va a hacer morisquetas.

Comemos, pues, cerrando los ojos al remedio y nos vamos pronto para borrar la mala impresión.

Estamos cómodamente arrellanados en los frescos sillones de paja de un saloncito de lectura. La luz filtrada por las coloreadas pantallas de las lámparas nos tiñe los rostros y ronda un plácido descanso nocturno. La puerta encuadra un denso azul de cuya infinitud nos da idea un lejano planeta, apenas perceptible como una rotura de topacio.

Clara ha escondido la energía de sus ojos bajo sus pestañas y sus facciones irradian un vaho de tranquilidad.

Es ya tarde y vamos a pasear a orillas del mar, que sube manso hasta la balaustrada.

Pero estamos cansados y las ventanas allá, arriba, nos abren los brazos.

*

El cuarto es aún más bueno que hoy. Frente al mar me he sentado un momento a garabatear estas líneas.

El aire es como una droga que invita a vivir con pausa de fruta madurando al sol.

Sic transit gloria mundi:

El sapo en el barro.

El ruiseñor entre las hojas, alucinado de noche.

Y yo, en el trópico, con mi pasión por Clara en el pecho y mi modesta prosa a flor de pluma.

Enero 26, A bordo del Abangares

Un barco blanco, rayado longitudinalmente por dos rangos de ojos de buey; pupilas negras, con un estrecho iris de bronce pulido. Cubierta amplia a la que dan las state cabins agraciadas de ventanas. Adentro, cretonas coquetas y muchos botones eléctricos para prender una luz apagando otra, hacer funcionar el ventilador, la calefacción o el aire refrigerante. Saloncitos, bar, juegos.

Frente a su camarote está Clara, recostada en el remarco de la puerta.

Incomodados por el ir y venir de mozos y pasajeros, tratamos de decirnos nuestro júbilo de partir.

Peñalba me toma del brazo para llevarme sobre cubierta. No protesto contra su manía de mostrar las cosas porque a ella debo el haber seguido mi viaje.

El barco demarra y rompe a andar por el antepuerto, del cual pronto salimos. La proa se levanta queriendo mirar un punto que le indique su rumbo. Un descenso lento quita a nuestros pies la solidez de un apoyo inmóvil, y experimentamos una momentánea ausencia de ubicación.

Pausado vuelve a subir el barco; algo cruje en las maderas viajadoras, mientras nos inclinamos a babor, para caer nuevamente sobre la borda derecha, hacia el agua. Un ancho rulo de espuma escapa con murmullo fuerte, se alza en el lomo de una ola contraria, proyecta a varios metros un chorro blanco, que cae rompiendo ruidosamente mil joyas de cristal. Vuelve el piso a empujarnos hacia arriba.

—Tendremos danza —dice Peñalba.

Y como insinúo la conveniencia de una retirada, sonríe con protección de viejo marino:

—Vaya, amigo. Clara ya debe estar mareada. Buenos compañeros de mar llevo.

En mi camarote, las cortinas raspan los muros con gran movimiento uniforme, que a veces las trae hasta el medio del cuarto.

Mi sobretodo, que cuelga de una percha, se ha disciplinado al movimiento, mientras me desvisto haciendo equilibrios, ora frente a la cucheta, ora frente al ojo de buey. El agua del lavatorio golpea en el encierro del depósito. A veces pasa un crujiente escalofrío de fibras, a lo largo del barco.

Atontado, enorme de cansancio, caigo en mi lecho y duermo.

*

12 m. Alguien golpea la puerta y entra: un muchachote rubio con uniforme de steward.

Las cortinas parecen haberse apaciguado; el agua en el lavatorio chapotea con más discreción; ya no tengo malestar alguno.

—¿Está más calmo el mar?

—No señor; pero tenemos marejada de proa.

Rápidamente hago un pequeño menú para dentro de un par de horas.

Al rato duermo nuevamente y mejor.

*

4 p. m. Entra el muchachote rubio trayendo una bandeja cargada de platos y copas cuyo leve tintineo me despierta.

El largo ayuno me hace comer sin miramientos los insulsos fiambres de frigorífico.

A las cinco, sobre cubierta, Peñalba me informa sobre la Great Fruit Company, el número y tonelaje de sus entidades navales, que viajan bajo el título de White Fleet, sus posesiones en Almirante y Jamaica.

El viento se arracha paulatinamente. El pulso me golpea las muñecas, como si la agitación circundante le diera el sentimiento de su encierro.

Me he puesto a caminar.

El Abangares cabecea con fastidioso empeño y el viento, cuando voy hacia proa, es resistente como una mano que se apoyara en mi pecho. A veces su violencia me detiene y tengo que echar adelante el cuerpo, como un Little Teach de zapatos gigantescos, para proseguir mi camino titubeante.

El mar tiene tintes fríos de añil y cada ola, corta, lleva encima un flequillo de espuma, que hierve en la cal de su blancura,

No puedo dar sino dos vueltas al barco. La borrasca arrecia; el cabeceo aumenta y mis piernas se vuelven instrumentos de difícil manejo.

No tardan las olas en crecer y nos encontramos inquietados por el temporal que nos remueve en su desazón.

Vencido, me siento en un banco.

Una transpiración enfermiza extrae de mí el poder de moverme, pensar o formular simplemente un deseo de reacción.

El agua en un líquido escurrimiento de burbujas viene hinchada por una efervescencia interior a lamisquear los bordes de la cubierta. Mi campo visual se llena de crepuscular negrura marina y quisiera no ver el movimiento esforzado de aquellas pesadas masas acuáticas, que destruyen las leyes del equilibrio. Inesperadamente, me siento preso en mareante subido de ascensor y mi vista es proyectada al cielo, como si fuéramos a dar un tumbo en círculo.

Mi voluntad, que quisiera agrandar hasta convertirla en centro de mi individuo, flota en mí como un detrito de naufragio en un mar de fondo.

De proa a popa pasan, como un castigo, gruesas puñadas de agua.

No sé cuánto tiempo paso en mi banco.

Peñalba me encuentra así, lastimosamente vencido como una res desjarretada.

—Me lo imaginaba —dice—. Vaya una idea quedarse aquí, exponiéndose a ser barrido por un golpe de mar.

—Clara debe de estar enferma —balbuceo.

—No tanto como usted.

Enero 29, Jamaica

Me he despertado con esa conciencia vaga de felicidad que se aparejaba a mis mañanas infantiles, cuando el día a venir prometía la honda emoción de un acontecimiento definitivo.

Antes de volver a la vida, como en una subconsciencia inicial, esfuérzome en apoderarme razonadamente de aquel conocimiento sabio como el instinto.

Comienzo por escuchar: el Abangares marcha sereno y sus máquinas saborean en pausado tremor un solemne ronrón de gato acariciado.

Abro los ojos: el camarote contiene una reposante luz matinal; cada objeto parece estar sonriente al que tiene en frente.

De pronto encuentro en mis propias palabras la explicación de mi contento: «Hoy llegamos a Jamaica».

*

Como un tronquillo de té vira en la taza en busca de la orilla, navega el Abangares en la bahía de Kingston rumbo al muelle.

Una barca larga, guiada por desnudos remeros negros, va buscando aproximarse a nuestro flanco.

Pasa una fragata: velas pletóricas de brisa propulsora, que se deslizan nítidas y asoleadas contra el fondo vago de las montañas.

Mudos de expectativa nos hemos colado por la bahía, desdeñando los arrecifes coralíferos que quisieran ser anuncio de tierra fértil.

No queremos confesarnos nuestra sorpresa. La montaña es demasiado alta y sus flancos sarnosos no son la cosa mansa y blanda que esperábamos.

A estribor, sobre una lengua de tierra baja, se alegra un caserío minucioso, rayado de palmeras perpendiculares.

Atracamos a un pequeño muelle. Los negros que vienen remando al lado nuestro se ponen de pie en la barca y piden una moneda. Un disco de plata hace un guiño de sol. Al imperceptible «glu» sigue el chapuzón de un negro, cuya sombra bajo el líquido cristal liviano se obscurece hasta desaparecer. Hay a bordo un corto momento de espera sonriente. Surgen unas burbujas anunciadoras. Aparece como una esponja quemada, la mota del zambullidor. El rostro perlado de gotas que son como una convexa viruela escudriña el valor de la moneda, que desaparece en los labios elásticos.

Un segundo, un tercer disco rebrillan como escamas de pez que salta, suena fresco el chasquido de los cuerpos; las sombras se multiplican bajo la superficie agitada y todo el pasaje goza del espectáculo.

Nosotros reímos guardando una secreta desconfianza.

Aduana…

Automóvil…

Poco tiempo para ver.

Las plantas están cubiertas de tierra, como en las carreteras chilenas.

En el hall de Mirtelbank Hotel reposa el fresco soñoliento de los interiores tropicales. A la derecha de la entrada trona una vitrina con profusión de collares, caracoles pintados, bastones de maderas pesadas y todo un surtido de baratijas lugareñas. Al otro lado un escaparate prolijo pretende tentar con sus tarjetas postales destinadas a hacer triunfales entradas de exotismo, en los lejanos e inmóviles hogares.

Un factótum, que no hace nada, de puro pedigree hindú, refresca sus pies descalzos, andando blandamente sobre el embaldosado negro y blanco. El ruido de sus pasos tiene un encanto de surtidor.

Muy blancos y muy ligeros, almorzamos en la terraza del hotel sobre manteles cuadriculados de rojo, servidos por negros cuya sonrisa es una rotura de trapo en media luna. El sol es tan claro afuera que los caminos tiemblan. Las lonas de los toldos prolongan la sombra del corredor y tienen una alegría de baño que sacude un viento inquieto de correr siempre en el calor inevitable.

—¿Qué sucede? —pregunta Clara a Peñalba, cuyo visaje hosco guarda un tupido silencio.

—Que no estoy contento.

—Yo tampoco —dice Clara.

—Yo tampoco —subrayo, con escaso énfasis de perro que ladra el último.

*

—Venga —me dice Peñalba, concluido el almuerzo—, escapemos de esta duda.

A unas cuatro cuadras, por la calle castigada de luz, encontramos un garaje, en el que pronto cerramos trato para una excursión, isla adentro.

Clara duda del éxito de este paseo en el calor abrumante.

El automóvil es amplio y de mullidos respaldares. Peñalba se sienta delante. Nosotros nos miramos con súbito contento de estar solos, aunque no podamos hacer hombro con hombro el camino, que es una vida en representaciones inmediatas.

Pronto subimos entre las primeras arrugas de la montaña, requemada por el viento salino que se enoja en los despeinados penachos de las palmeras.

Inesperadamente, entrando en una hondonada plácida de abrigo, compacta, fuerte, extraordinariamente verde y jugosa, brota la primera mata de vegetación jamaiquina.

Vamos dando vuelta ora a derecha, ora a izquierda, elevándonos rápidamente, lejos de la bahía de Kingston, que cobra en el empequeñecimiento un valor de joya luminosa.

El camino se vuelve anaranjado y el verde de la arboleda, evidenciado por contraste, nos echa encima su sombra como una mojadura.

*

El jardín botánico no es sino un pedazo de selva disciplinada, afeitada por los ingleses.

Un grupo de pequeños indígenas semidesnudos nos ofrece largas sartas de coloreadas semillas.

Clara compra un collar, que se echa al cuello, y las pequeñas perlas de color refrescan su traje blanco.

A orillas de una fuente poblada de flores y grandes hojas acuáticas, nos sentamos. Cerca hay un haz de bambúes elásticos; más lejos, una palmera de exagerada altura. Allá se amontona, en quebradiza mancha verde, un fénix lleno de hostiles hojas de puerco-espín. Y un cielo límpido sostiene el vuelo circular de los buitres: ideas tranquilas sobre la cóncava paz del valle verde.

Tendiendo mi vista por las montañas vecinas columbro el detalle de aquel verdor ignoto y una visión total de Xaimaca: «La tierra de primavera», me la presenta tierna y vivida en su mar Caribe, como una enorme palta en bandeja de esmalte azul.

A la hora de comer estamos en el Mirtelban Hotel.

Encendidos los habituales cigarros de sobremesa, Peñalba quisiera pasear por el pueblecito blanqueado de luna.

Ha refrescado algo y los caminos de tierra calcárea parecen nevados.

De lo lejos nos llega un coro a cuatro voces, cantado por laringes roncas: pueriles armonías de órgano, que parecen más bien flotar en el aire que venir de un punto definido.

—Son negros —dice Peñalba—. Los domingos, cuando toca divertirse, van a las iglesias por mandato y cantan coros anglicanos. A la tarde, cuando se reúnen, cantan también. Y después de comer, ¿en qué pueden divertirse sin ser moralizados? Así aprenden a loar en Dios al patrón que los espera después de la muerte.

Hemos llegado a un pequeño puente sobre un riacho seco.

A sus lados hay tupidos bananales de poca altura y en el lugar donde nace aquel inexplicable arroyo fulgen entre plantas obscuras dos luces de un rancho. De allí vienen las voces y nos acodamos sobre la baranda del puente, dejándonos mecer por la adormida canción.

Clara me toma del brazo y recuesta su cabeza en el hombro de Peñalba, que parece haberse momificado en el alcohol de las influencias astrales.

Enero 30, Jamaica

Ya los grooms y porteros han acomodado en el automóvil los abrigos que podemos necesitar en el fresco de la montaña.

El motor engrana sus velocidades.

Subimos las primeras cuestas. Damos vuelta por una ancha curva. Desaparece un valle, aparece otro. Las nubes caen, sobre las montañas, compactas como espuma encrespando olas. La tierra va poblándose de verdor fogoso y empezamos a costear un río, esmaltado por los reflejos de la arboleda que se tupe en las orillas.

A nuestra izquierda corre un paredón de desmoronada piedra hispana, separándonos del clarisonante arroyito en cuyo valle nos deslizamos como en una canaleta verdecida de musgos.

Los neumáticos trazan en la ruta un silbido pegajoso. El desusado paredón se corta como un muro almenado, y el sol hace de él una suerte de guiones de resolana.

De pronto el cerro se levanta perpendicular. Millares de árboles asoman cayendo de curiosidad sobre nosotros.

Uno pierde algo de estabilidad mirando por faldas y hondonadas la eterna gama de verdor, matizada de mil tonos y subtonos.

Gradualmente nos ingerimos en el silencio. Mi cerebro carbura a maravilla.

Un ruido seco. Una cámara chista desinflándonos, y quedamos súbitamente empequeñecidos por la callado soledad del valle, reconcentrado en el goce de vivir su millón de árboles, hierbas y musgos, bajo la luz melódica de la tarde sujeta entre los cerros.

Abajo, a unos diez metros en pendiente, el arroyo dice la palabra de la naturaleza satisfecha.

Para desentumecernos, saltamos entre las piedras del arroyo, sesgando su cuenca con la línea quebrada de nuestros brincos, felices de encontrar siempre bajo los pies aquellos lomos duros y resbalosos, como enormes pastillas de jabón.

La risa nítida de Clara es un cromático sonar de guijarro desbarrancándose entre rocas.

Sentados en la orilla, conforme la respiración va volviendo a ser normal, dejamos diluir nuestros pensamientos en el silencio murmurante del agua, que trabaja la roca de rizos o se duerme en honduras de diamante, en cuyo fondo, los peces pasan avivando su estabilidad de nados veloces y vagos como sombras.

—I am ready, Sir.

Entre ambos ayudamos a Clara hasta subir al coche, en el cual volvemos a nuestra inmovilidad de yacarés.

Va obscureciendo; una humedad suspensa nos envuelve de leves vahos azulados, cuyo fresco nos da un breve escalofrío de placer. La tierra nos narcotiza con un amplió revivir de perfumes. Los faros del automóvil se encienden y la ruta horada una lista luminosa en el tupido crepúsculo. Ya los cerros no son sino noche sólida y los árboles cercanos, un borrón amorfo.

Pero el valle se dilata en llanuras de pampa; se adivina un prado, y los faros han quebrado su mirada sobre el cercano pelambre de un buey inmóvil.

El verde sujeta un tanto la luz muerta de la luna. Luciérnagas parpadean en los compactos mazos de vegetación. Nos distraemos, porque de pronto nos hemos abocado el mar, cuya superficie y olor nos subyuga.

Rápidamente pasamos entre el minúsculo caserío de un pueblo negro. Un crecimiento de palmeras, simétricamente alineadas, nos dice la utilización mercantil de la planta.

El camino se ha hecho de porcelana; el cielo sobre el mar cobra espacio.

Los pequeños bohíos indígenas duermen tan cerca de la ruta, que el ruido rodante de nuestro motor se nos vuelve encima, momentáneamente aumentado.

Ha vuelto a hacer calor.

Son las diez cuando paramos frente a un enorme hotel de madera.

Con la mirada incierta de los que de pronto se encuentran substraídos a la noche y al gran aire, subimos una escalera, cargados de nuestros abrigos.

Una botella de champagne, que Peñalba pide para festejar nuestra llegada (porque la de Kingston no cuenta), acaba de darnos alegría, rociando agradablemente los fiambres y dulces que devoramos sin palabras.

Se oye una orquesta en el salón donde los huéspedes bailan.

Peñalba dice sus impresiones:

—Ya veo lo que es Jamaica. Placer del habitante no nos vendrá ninguno, a no ser el de su alegría infantil. Para la India, China, Egipto, queda el privilegio de asombrarnos con los grandes poemas de sus religiones. Aquí, el poblador primitivo ha desaparecido sin dejar huella interesante. Todo encanto está en la tierra misma.

En los trópicos de Oriente suele mezclarse a la contemplación no sé qué terror de cosa indomable. La jungle no sonríe jamás, los ríos son torpes de calor germinativo, las montañas invencibles, la fauna brava o venenosa.

Jamaica, en cambio, parece ser el paisaje alegre por excelencia, y nada, a no ser que nos espere una sorpresa, delata un peligro en acecho.

*

Al efecto de reconocer un poco el lugar, hemos salido del hotel por el lado que enfrenta a la bahía.

Una ancha escalinata de más de un centenar de peldaños nos obliga a un ridículo paso de cortejo, hasta caer a un camino ramificado en sendas que van titubeando hacia la orilla del agua.

Al borde de las pequeñas olas, que caen doblándose con ruido muerto de trapo mojado, pertenecemos a la noche de la bahía. Poco vemos en derredor. Las manchas desgarradas de los fénix y palmeras son un torvo mandado de silencio.

Peñalba, que no tiene motivos para sobreponer las fatigas, se retira despacio hasta identificarse con la oscuridad.

El agua, viniendo a morir contra la tierra suavemente, parece como que la hiciera caminar hacia adelante. Nuestros hombros se enternecen de sentirse juntos, ante este aparente andar hacia lo ignoto.

Y para mejor pensar unísonamente, quedamos apretujados mejilla contra mejilla, escuchándonos como un misterio, mientras el mar a nuestros pies habla siempre de infinito.

La noche se enfría sobre los hombros escotados de Clara.

Sin necesidad de entendernos previamente, nos hemos puesto a subir la gradería.

El hall está oscuro y vamos evitando los muebles en lentos tanteos preventivos.

Creo que lo hacemos un poco a propósito.

*

Al subir Clara el primer peldaño de la escalera interior, su hombro desnudo viene a colocarse, fresco, bajo mis labios. Su hombro revela la calidad de toda su piel, de todo su cuerpo, que llevo hacia la altura, que se me antoja un fin.

Los dedos me tiemblan, dolorosos, entre las gasas muertas de su vestido; me inhiben los porrazos que por dentro me da el corazón, imperiosamente. Sus manos están frígidas como las piedras de sus anillos.

*

—¡Clara!… ¡No se vaya!

—Si no puedo irme. Volver en mí es ya imposible. Lo que me asusta en sus brazos es también lo que me defiende.

He abierto la puerta de su cuarto. Por la ventana, un gran cuadrado azul nos devuelve la noche exterior, en cuya serenidad las estrellas llueven su calma infinita.

Clara camina lentamente. Sus brazos parecen haberse alargado de caimiento. En un sillón se recuesta, mordiendo el pequeño pañuelo para llorar despacio.

—¿Quiere que me vaya?

—No. Siéntese aquí, a mis pies. Hábleme, acarícieme, haga de mí lo que quiera. Mi soledad es incapaz de esfuerzo. Tengo necesidad de ser nosotros para defenderme de mí misma.

Estamos bajo una fuerza de vida que nos vence, descentrándonos de nuestra existencia personal, invirtiendo la significación de mío y tuyo.

Su cuerpo de nervios rotos, su alma de espera, anulan su conciencia. Parece que sus iris claros tuvieran frío, mientras las pupilas han adquirido la calidad de enorme, que llama en el espacio.

Y dejamos de ser porque pertenecemos.

El alba nos encuentra al lado de la ventana, sentados en un sillón; Clara, en mis faldas, esperando que el mundo nazca a la luz.

Nuestra necesidad de realizar el presente hasta su última posibilidad nos mantiene invulnerables al cansancio, ante el cristal mudo, que comienza a ser transparente como los ojos de un ciego que paulatinamente fuera recuperando la vista.

Empapado de húmedo sueño, se esboza un grupo de árboles, del que sólo puede nombrarse la palma. Nada tratamos de adivinar, porque nuestras preguntas irían contestándose en la revelación de las cosas.

Limitando el jardín, cuyos vapores se arrancan lentos, se ve blanquear una lisa superficie de agua nublada. Todo va tomando color: las plantas son verdes, violeta pálido el cielo, azuladas las sombras en derrota.

Clara, distraída por la luminosa gradación que nos lleva al día, olvida que la claridad creciente va aumentando su desnudez y que estoy pendiente de esta otra belleza que amanece bajo mis ojos.

Su mano, pausadamente, ha señalado algo en lontananza: una lengua de tierra cobra solidez; y más arriba, lo que creíamos nube acusa la cadena de colinas de la isla.

Agua y cielo lucen un tono lila que se repite en fino sobre la piel de Clara. Los brazos de tierra, que avanzan uno hacia otro, parecen estar colgados en el ambiente intangible. No se sabe cuál es el cielo ni cuál es el mar, porque es imposible aún medir las distancias.

Clara murmura palabras de contento. Dijérase que la luz se hubiese puesto a temblar sobre su cuerpo, sin atreverse a ceñirlo en sus formas.

Los cerros, las plantas, van solidificándose; el agua, apartándose del aire, las nubes, tomando forma en el espacio. Uno que otro susurro en las palmas dice el primer sonido, al tiempo que nuestro olfato despierta al olor de la naturaleza y nuestra piel al frescor del aire.

En la selva ha cantado un pájaro; un racimo de burbujas surge del fondo del agua.

Inesperadamente sale el sol, castigándonos los ojos, y la bahía grita cobrizos reflejos, mientras un murmullo de oro irisa el lomo de la arboleda.

La luz ha hecho de Clara una extraordinaria forma de mujer. En su olvido queda así, revelada en la naturalidad del día. La soltura de su fineza firme contiene algo mayor. Vientre, caderas, pecho, ignoran la saciedad del ser total.

Y como el sol allá ha comenzado su camino, comprendo que Clara acaba de crear un nuevo mundo.

Enero 31, Puerto Antonio

La voz de Peñalba me despierta. Mi primer sobresalto es de enojo.

—¿Sabe la hora? —me dice con reproche—. Podría estar gozando de lo que la vida pone a su alcance. Asómese siquiera a la ventana.

—Ya la he visto —respondo sin moverme.

—¿Cuándo?

Como para subrayar mi errata, agrego:

—Anoche.

—¿Anoche? Usted está dormido.

—Nadie afirma lo contrario —consiento.

Lejos de ello, siéntome singularmente lúcido después de mi inhábil palabra.

Para distraer el susto, salto de la cama y finjo sorpresa ante el paisaje que Peñalba me señala.

Alegría de vivir que me agranda. Bajo mi vista vibra algo que pertenece tanto a mis exaltaciones de anoche, que abro los cristales como si me impidieran respirar a Clara, con los recuerdos de nuestro renacimiento ante la madrugada.

Presencia de la isla empenachada de palmeras, del jardín cercano, de los cerros.

Como para centralizar la intimidad de la bahía, relumbra en su centro una claridad opalina: charco de agua en el agua, corazón en la sensibilidad del paisaje.

*

Peñalba se va y me echo sobre la cama para pensar con violencia en que pronto veré a Clara. La fuerza de mi vida tiende a la expansión de un grito.

Por mi cuerpo las sensaciones renacen en forma de manchas, nítidas como dolores. Cada latido de mis arterias expande algo de Clara por mis sentidos, ¡Oh, pasarme la vida embarullando en un borrón oscuro, los largos cabellos dóciles sobre la frente, para agrandarle los ojos! ¡Ser un líquido inquieto de niveles armónicos para adoptar su forma y adormirme en la conciencia de ser una belleza que se goza!

Dolorido de exaltación, huyo del lecho, me visto y bajo al hall, donde trato de interesarme en la gente. Todos parecen dormidos. Unos porque todavía no saben, otros porque ya olvidaron, los más porque siempre pasearán por la existencia un alma neutra, como los ojos de un pez de acuario.

Sucesivamente entro en el salón de lectura, en el de fumar, sin poderme deshacer de la idea fija, a la que estoy buscando atenuantes. Iré por un momento, la oprimiré entre mis brazos y quedaré más tranquilo.

*

La puerta está entornada, el corredor solo.

—Clara —llamo.

Sus pasos se acercan; la sorpresa de verla anula mis resoluciones. Clara ha enrojecido como si hubiera indiscreción en mi llamado.

Tomo entre mis manos las suyas, que beso, y huyo porque mis sentimientos son demasiado grandes para expresarlos.

Traición de mis nervios, cuya cobardía ante la realidad me inspira desprecio.

*

En un apartado banco del jardín me siento. ¿Por qué esta congoja inexplicable?

Clara, que ha tardado en encontrarme, me reprocha mi inquietud.

—¿Qué tiene, Marcos?

—Estoy enfermo de usted. Sería inútil quererle probar mi sentir con palabras. En suma, el amor físico se resume en un gesto más o menos sabio y el amor moral al balbuceo de un nombre. Usted me ha dado una razón de ser que no puedo sobrellevar solo. Hemos jugado con un milagro y ahora tengo miedo de mi amor como de una locura.

—Marcos, usted ha divagado de soledad.

Su boca se acerca tanto a la mía que siento el movimiento de sus labios.

—Y no me hable más así —agrega—; sus palabras caen en mi carne abierta como una quemadura. ¡Si pudiéramos tranquilizarnos!…

—¿Y la tranquilidad no sería menos ya que esto? ¿No nos daría un poco de frío?

—Creo lo contrario. Para mí, las cosas se agitan hasta llegar al fin propuesto, que les da la quietud: el equilibrio, que es una forma de perfección. Cuando miro el mar, una montaña, el cielo o una estrella, experimento la sensación de que son enormes porque se han encontrado a sí mismos.

Clara calla. Calma que quiero como un bienhecho.

Ignoro si soy un doble o una unidad más grande. ¿Estoy transmitiendo o recibo un mundo inexpresable? No sé ya de quién son mis sentimientos.

*

Tres horas de siesta he dormido so pretexto de deberes epistolares.

El día anuncia su contento por los vidrios de la ventana y una tromba de luz calurosa envuelve de alegría todo un viaje ascendente de vidas vegetales. Las plantas parecen estar escuchando. Hay una inconsciente trama de cariño en el ambiente.

Mi alma es fresca como la de un niño y tengo prisa por entrar en la significación del paisaje.

Bajo el abrazo verde de las plantas, descendemos la escalinata hasta llegar al pequeño muelle en el que anoche estuvimos con Clara.

A la orilla de la bahía quieta, gozando la sombra húmeda de la arboleda enmarañada y el calor manso del aire, nos hemos empequeñecido en el límite de nuestros cuerpos breves. Ocupamos en la totalidad de las existencias nuestro punto relativo. Somos tres gotas de sangre nueva caídas en el corazón blando de la isla.

*

Un botero nos hace señas convincentes. Bajo el opaco astrakán de su cuero cabelludo, la faz negra que abrillanta el sudor, interroga con miedo de vernos transformados en espejismo:

—Swimming bath?

Y cuando por nuestra contestación presiente el tacto fresco de las monedas luminosas en sus palmas de ébano, ríe a labios desplegados:

—Come on massa, come on massa!

La barca hace guiños de equilibrio bajo el sucesivo golpe de nuestro peso.

*

La casilla trepa en los zancos de sus pilotes con pretensión de casa lacustre.

Hay olor a madera húmeda en las pequeñas cabinas numeradas. Los intersticios de las planchas hacen blancas paralelas de arena.

Una malla adhiere a mi cuerpo como un segundo pellejo y salgo para que el aire y el sol me aprieten de más cerca.

*

Peñalba se ha alejado hacia lo hondo.

A lo largo de uno de los pilotes de la casilla, bajo como un cangrejo a unas cuatro brazas. Mis ojos se enturbian de claror vidrioso.

Mis dedos se hunden agradablemente en la arena blanda, de la que se alza un humo de microscópicas partículas coralíferas. Arriba veo como un cielo profundamente azul, en que la presencia de Clara es un resplandor nebuloso. La presión del agua duele en los oídos y las sienes.

Largando el palo al cual me sujeto, déjome elevar por el empuje de Arquímedes con risueña complacencia de mongolfiera. El bulto compacto de arena que oprimía entre mis dedos se ha ido en cosquillas, Clara, curiosa, está ten cerca que bebo el mar en sus labios mojados.

A quince brazadas de la casilla, nuestro cuerpo encalla en un herboso crecimiento de algas obscuras.

Sentados en un banco de arena blanca, miramos en derredor el fondo ahuecarse en reducidas laderas de médano.

Placer de flotar, laxados de todo esfuerzo con blanduras de medusa.

Clara se acuesta en el temblor de las pequeñas ondas, y yo, que la había codiciado así, sensualmente, sólo la encuentro más absoluta.

El calor sufre la influencia del crepúsculo. Se ha ido el sol desangrando de fuerzas. En el cielo algunos astros titilan, como puntas que se esforzaran en perforar un agujero hacia la vida. La noche nos causa la sorpresa de una traición.

Al lado de Clara, pequeñas fugas de luz han corrido medrosas. Suspensos esperamos. Vuelven a correr las pálidas fosforescencias insinuadas. Y como la oscuridad aumenta, nuestros ojos comienzan a percibir un mundo de pequeños gusanos, que vibran su eléctrica inquietud danzando rondas en torno a Clara.

Dijérase que el agua se defendiera de la noche para poderla ver.

Clara, cuya desnudez sólo ciñe el color de la malla con brillantes de hollejo de uva, sube la escalera de la casilla un poco olvidada de sus sonrojos.

En nuestros cuartujos, la oscuridad más que la temperatura nos da frío, y nuestro presuroso arreglo se fía en el necesario complemento que tendrá lugar en la comodidad del hotel.

El bote escucha el ruido de sus toletes. El cansancio del baño pesa en nuestros músculos como una fuerza.

Un leve sudor se alza de la bahía, como de un cuerpo. El cielo llueve sobre el mundo la simpatía de todos sus astros. Efímeros luminares parpadean a proa o caen en forma de bólidos de los acompasados remos.

Concluida la cena y satisfecha la curiosidad que nos lleva al salón, donde unas diez parejas rubias bailan al son de una estrepitosa orquesta negroide, recordamos el automóvil que nos espera para dar una vuelta por los caminos plácidos.

Una hora andamos despacio por la misma ruta de ayer, estirados en los asientos anchos, la cabeza descubierta apoyada en los cojinetes del respaldar, el cigarrillo entre los labios.

Un vaho cálido nos viene de la arboleda.

El cielo está sudoroso de estrellas.

No he titubeado sobre el picaporte de la puerta de Clara. Nos hemos esperado lo suficiente para ser conscientes de nuestro deseo.

Mis deseos se impacientan sobre un botón de nácar, que parece haberse hinchado en el apretón del ojal. Clara sustituye mi mano inhábil con la suya. Hay una leve angustia en su risa:

—Así no, sonso.

*

Cautelosamente escurro mi brazo, que su cuerpo oprime, y me acodo para verla dormir.

El mazo de su cabellera pesada cae nublándole el pecho. La molicie de su cuerpo, ya íntimo, se desvahe entre los hilos blancos. En su frente está una gran quietud irreprochable. Sus cejas, de gesto largo, descánsanle los ojos, cuyas tupidas pestañas se enredan adumbradas. La nariz se afina de emociones latentes. La boca reposa, entreabierta, sobre el brillo húmedo de los dientes.

Pienso:

Hablar a un hombre de amor es aceptarlo. Llorar por él es quererlo. Amarlo es vivirlo. Dormirse en sus brazos es dejarle el alma despoyada de toda expresión pasajera.

*

Paz,

Suavemente.

Paz,

Lentamente.

*

Las sombras descansan en los rincones, como en el alma reposan ternuras que no quiero tocar.

Tu cuerpo expresa una melodía poderosa.

Las caricias rimadas perduran en mis nervios: incienso en un templo que ha concluido su plegaria.

Tus actitudes curvas me obcecan tan alma a alma, que mi cariño titila como luz azotada de viento.

*

Un ritmo muy lento, un ritmo dormido,

Esparce indolencia agravada de ideas.

El ritmo es presencia de un canto fluido;

Soy nulo en el mundo de paz que me crea.

*

Tranquilidad del buen desvelo.

Alma abierta a la comprensión del más hondo saber humano.

Todo es nacimiento.

Apenas sé si eres mujer, música o idea.

*

Recuerdo:

El sol daba un alma a los montes y los insectos cantaban círculos con sus cuerpos de metal vibrante.

Éxtasis de cosas vivas que se coaguló en la perfección que trajiste al mundo.

Fuiste la vida de lo demás y el objeto del día.

Tus pasos llevaban serenamente la ofrenda que tu piel brindaba a la luz. Y tus ojos significaban con tal complacencia la capacidad de hacer amor de tu belleza, que fuiste médula de la hora.

¿Por qué no he muerto sobre tu boca?

Ya no sé si eres un cuerpo o un delirio, pero el mundo de mis ojos flota para siempre en una aurora.

Marzo 1, Kingston

Nada podía haberme hecho sospechar la conclusión de este día.

Cuando sin más disgusto que el de acostarme temprano, en este enervante viento de Kingston, entro a mi cuarto, encuentro sobre el velador, bien a la vista, una tarjeta de Peñalba por la cual, brevemente, me expresa su deseo de hablarme.

Empujado por repentina sospecha, traspongo el corredor, mirando el número de cada puerta.

*

Peñalba me recibe sonriente, aunque el modo voluntariamente pausado con que golpea el cigarrillo contra la uña del pulgar acusa su nerviosidad.

De pronto, me he imaginado un ambiente y me he constituido una actitud. Defenderse, en este caso, exige lucidez para no dejarse arrastrar por fintas, y serenidad ante la tentación de luchar por sus derechos. Peñalba puede ser un enemigo temible, pero me siento fuerte.

Al tiempo que pienso esto, ríome interiormente de la teatralidad que estoy dando a lo que bien puede ser una simple charla de amigos.

Sin embargo, no me he equivocado. Peñalba alude perfiladamente a mi situación, a la de Clara, a nuestras mutuas obligaciones de lealtad.

Ante su disimulo finjo estupidez: única arma a mi alcance. Peñalba se enoja y, como no es hombre de perderse en huellas adyacentes, me trae como de un cogotazo a la realidad de los hechos:

—Veo —dice— que no puedo contar con la discreción que esperaba. Entre Clara y usted pasa algo. ¿Puede usted esquivar una contestación?

Este brusco ataque me proporciona el descanso de haber despejado una incógnita. Tendría ganas de reír y respondo como deletreando:

—Nos queremos.

Los rasgos de Peñalba se encogen centrándose en la mirada inmóvil de fijeza. La palidez ha afilado sus facciones. Dijérase que va a silbar como una escota en el viento.

—¡Muy bien! —corta conteniéndose en lo posible—. Usted se alejará de nosotros. No es necesario que hable a Clara de nuestra entrevista. Por otra parte, no lo autorizo a ello. Usted alegará un telegrama de Buenos Aires o la conclusión de su carta de crédito. Mañana sale para Panamá el Santa Marta.

—¿Usted cree que es una solución? —pregunto, insolentemente, amparado en la ventaja que me da mi calma.

—Hay otra —responde—; pero usted no me obligará a ella.

Vuelvo a sentir el esfuerzo que hace Peñalba por dominarse y me avergüenzo de estarlo acorralando. Por primera vez siento la falsedad de mi posición.

Obedeciendo a una de esas bruscas viradas de sentimiento, que luego me hacen esclavo de actitudes tomadas sin medir consecuencias, me oigo concluir:

—Como me sometí a su voluntad para decidir mi viaje hasta aquí, me someto ahora.

Peñalba me alarga la mano:

—No es necesario que me haga notar mi parte de responsabilidad en todo esto.

En mi cuarto hago lo posible para volver a la tranquilidad. He perdido en dos palabras el pleito que me sentía tan capaz de defender.

Repetidas veces me paso la esponja por la cara hasta sentir frescos los ojos, la frente, los labios. Alternadamente me siento, esforzándome en no pensar, o camino conteniendo mis piernas que se entregarían a un furioso ir y venir.

Clara, como supuse, se ha dormido. Tomo una silla para acercarla en silencio; la silla hace ruido despertándola en sobresalto.

—¿Qué sucede?

La tengo en mis brazos, entrándome en los sentidos.

—No sucede nada.

—Dígame que está a mi lado… Acarícieme para que sienta sus manos.

Atento, paso una pobre mano incierta sobre sus cabellos sueltos.

—¡Marcos! Esta mala impresión que no comprendo me la ha traído usted.

—Ya sabíamos, Clara, que nuestra estadía aquí tendría un fin.

—Eso quiere decir que usted se va.

Sentada sobre el lecho, me mira fijamente con sus ojos acerados de enojo. Prefiero que sea así.

—¿Y por qué se va?

Su resolución me hace dudar un momento.

¿Decirle que somos dueños de decidir de nuestros actos? Maquinalmente obedezco a la sugestión de Peñalba:

—Mi carta de crédito está agotada.

Clara sigue fijando en mí su vista interrogante.

—Estoy mintiendo. Me voy porque Peñalba sabe todo.

—¿Lo ha insultado tal vez?

—No. Su hermano sólo sabe que nos queremos.

Clara escucha mi relación de lo sucedido.

Mis baúles están prontos. No puedo poner orden en nada porque el orden no está en mí.

¿Olvido algo? En realidad, poco me importa.

A todo esto, permanezco sentado en un sillón. Entra un negro que me dice la urgencia de despachar las maletas. Debo haber contestado alguna vaguedad, porque protesta y mete los objetos esparcidos en la valija, a la que cierra la boca estúpida de impasibilidad.

Salgo de la pieza echando una última mirada sobre el lecho, en el que sería tan bueno dormir mi insomnio y mi cobardía.

*

He encontrado a Clara en el jardín que mira al mar, sentada en un banco que un toldo abriga. Hace viento. Las grandes palmeras de tronco torcido se agachan y doblan bajo la desmelenada inquietud de sus hojas. Los caminos blancos dejan a intervalos escapar una evaporación de polvo calcáreo. En los canteros picotean unas palomas caseras. Frente nuestro, por entre los troncos de dos palmas, vemos la bahía agitada de olas breves. Un crucero de guerra despide un humo que el viento trunca al ras de las chimeneas.

Siento como un dolor en las pupilas la luz de los caminos, de los troncos y de los toldos.

*

Hemos hablado de nuestro porvenir. Clara quiere que busque inmediatamente una casa donde podamos vernos. Buenos Aires se me aparece como algo reacio a nuestro amor.

Sin embargo, me dejo andar a la voluntad de Clara, que me convence.

En mi sopor de idiota miro los zapatos de Clara, al lado de los míos; me entretengo en compararlos, en diferenciar el dibujo de las punteras...

Los zapatos de Clara... Clara... Me tengo que ir. Esta última idea me anonada.

—No llore, Marcos, no sea flojo. Esto es un momento y la vida es nuestra.

Llega Peñalba, que no debiendo ver mi fatiga ni mi relajamiento, no los ve.

—¿Quiere venir, Galván? Tenemos que arreglar unas cuentas.

El verbo quiero ya no se conjuga en mi voluntad.

Estoy en un estado blanco, neutro, y me levanto, aunque con esfuerzo.

A hurtadillas, Clara me oprime la mano. Creo haberme apercibido cuando ya estoy a dos o tres pasos de distancia.

En el salón de lectura, Peñalba se sienta sobre un diván y me pide que me ponga a su lado. Tiene en la mano unos papeles llenos de cifras. Miro un cinco que me parece ridículo de desproporción.

—Esto es lo de Santa Ana. Esto, lo de Port Antonio. Esto es el automóvil. Calculando la tercera parte para el último, nos da diez libras. En Santa Ana también tenemos que calcular del mismo modo porque tenemos un bungalow entero.

Santa Ana, el bungalow. Me resulta como un canto repetir los nombres. Peñalba prosigue:

—En Mandeville usted tenía un cuarto. En Monteago… En Port Antonio…

Murmuro para mí: Mandeville, Monteago, Port Antonio. Me parece que estoy oyendo el sol en los montes de la isla. ¿Se puede oír el sol? Todo esto es un disparate. La luz corre a chorros por mis arterias y tengo frío en la frente.

Peñalba concluye:

—La última vez me dio usted cincuenta libras. Yo le debo, pues, cuatro.

Mi mano se cierra instintivamente sobre el contacto duro. Esto debe ser una propina o un insulto.

Hemos almorzado.

Peñalba se va y quedamos con Clara, sentados en el diván del saloncito de lectura. ¿Por qué aquí? Debo haber recordado que estábamos muy solos hoy, cuando hacíamos nuestras cuentas.

Me recuesto en el hombro de Clara. El abatimiento me inhibe de toda palabra. Algo cálido y pequeño ha rodado de la mejilla de Clara sobre la mía.

—Usted no, Clara…, por favor.

Mi frente está apoyada en su cuello, mi mejilla en su escote. Clara se ha puesto a jugar enredando su mano en mi pelo. Sin saber me he dormido.

La luz, filtrándose por mis párpados, me ha hecho abrir los ojos. Veo primero la blusa blanca; siento respirar el pecho de Clara bajo mi cabeza.

Recuerdo que tenía tanto sueño. ¿Qué hace Clara? Su respiración es rítmica. ¿Dormirá?

—Clara.

—¿Qué, Marcos?

—¿Por qué está tan quieta?

—Para no despertarlo.

—¿He dormido mucho?

—Una hora.

—¿Y la he tenido así a usted?

—No es nada. Mañana me dolerá un poco el hombro y será una presencia suya.

Me incorporo porque Peñalba puede venir.

Me duele el cuerpo más que esta mañana; sin embargo, paréceme estar más lúcido.

Clara se alisa el pelo con las palmas de la mano.

—Si se viera —dice—. De este lado de la cara tiene mareadas las costuras y los dobleces de la blusa. Levántese y vamos, que no nos va a sobrar tiempo.

No sabemos qué se ha hecho Peñalba. Los últimos momentos los pierdo en buscar mi abrigo.

Del escaparate que está en la portería saco un collar indio que le oí ponderar. Clara se lo pone y parece que al tacto de los corales rojos su piel hubiera empalidecido.

Peñalba llega.

—Si quieren —dice—, podemos ir yendo.

Una angustia me aprieta la garganta. No voy a poder decir adiós a Clara sino en público. Tal vez sea mejor.

En el puerto nos acaparan veinte pequeñas ocupaciones. Una multitud de rústicas manos negras se cierran sobre las propinas. ¡Cuánta gente se ha ocupado de mis baúles!

Y desde entonces las cosas se precipitan.

Peñalba me palmea la espalda.

—Que tenga un buen viaje.

La luz me parece haberse hecho imprecisa. Debo de tener dilatadas las pupilas, pienso. Clara me da las dos manos.

—¡Marcos, hasta pronto!

No puedo decir nada.

La operación de partida se abrevia. Las amarras son recogidas.

Peñalba y Clara están en el pequeño muelle.

El barco se abre, se aleja sin retardo ni maniobras complicadas.

Clara agita su pañuelo.

Sobre la borda apoyo mi cabeza, que tenía hasta ayer el consuelo de sus hombros.

*

Estamos fuera de la bahía.

Jamaica se acabó junto con la tarde, cuya luz se desgasta en decadentes refinamientos de color.

El mar se entretiene con mil subtonos de acero.

La montaña se amorata bajo un sol roto entre nubes y las lejanas cumbres de las Blue Mountains son más que nunca azules.

Acuáticos lavados de la tarde, ya sé cómo evoluciona vuestra coloración en derrota; conozco la noche venidera y la lenta transmutación de las cosas hacia el olvido.

Marzo 3, A bordo del Santa Marta

Mar Caribe.

He pertenecido a un sueño embotador y torpe como un dolor de cabeza.

Cae la tarde cuando salgo a cubierta.

Clara no viene.

Sentado en una silla igual a las del Abangares, trato de respirar muy hondo el viento que silba en las bordas y golpea las lonas. En mis faldas, cerrado, espera un libro prestado por Peñalba: The light that fails. Dentro de sus hojas no encontraré nada que me exprese mejor.

Después de comer he vuelto a la misma silla, he puesto sobre mis faldas el libro y respiro el viento que silba en las burdas y golpea las lonas.

Los pasajeros pasan con paso gimnástico: After dinner walk a mile.

Unos son jóvenes, otros viejos; algunos fuman sus pipas conversando; los más van tan ocupados en alargar sus pies, que no tienen tiempo que perder en palabras. Esto me fastidia.

Pasa una pareja. La mujer se vuelve y me mira. Parece que hablaran de mí.

Por dos otras veces la maniobra se repite.

La falda blanca deja que el smoking siga el higiénico paseo, para acercarse y decirme con risa de mofa:

—Cheer-up, poor old boy!

Lo inesperado de la interpelación me saca un poco de mi bruma.

—Come on and let us walk —agrega mi asaltante.

—Poor old boy —contesto—: está muy cansado.

—Hum…, yo creo está muy triste porque ha dejado a su sweetheart.

—¿Mi sweetheart?

—Yo la he visto en el muelle… ¡Oh, muy pretty!

Mi interlocutora junta admirablemente las manos.

—¿Cuál es su nombre? —pregunta de golpe.

—Marcos Galván.

—¿Marcos? ¡Oh! Mi nombre es Kate.

Kate se ha sentado al lado mío y la observo, divertido por su inesperada amistad. Es bonita: rostro infantil, ojos azules, pelo crespo y rubio, figura fina y fuerte.

—Usted no tiene que estar más triste. Usted tiene cara demasiado triste.

—¿No ve usted que me río?

Kate parece muy contenta de haberlo conseguido y sin más discreción que la empleada para entrar en relaciones me pregunta adónde voy, cuál es mi ocupación en la vida, dónde vive mi familia, dándome, en cambio, todos los datos que yo no le pido sobre su persona.

Al despedirnos somos buenos amigos, de lo cual me alegro, porque mi soledad, a fuerza de nutrirse de los mismos pensamientos, llegaba a ser una tortura.

Olvidar. No ver siempre a Clara como una pequeña cosa que se empobrece en el puerto ya lejano de Kingston.

Marzo 4, A bordo del Santa Marta

Mar Caribe.

Sol fuerte y brisa arrachada que incomoda al caminar.

Kate juega, con unos cuantos americanos en mangas de camisa, a la rayuela.

Son ya las cuatro y recién salgo de mi camarote. No tengo ganas de hacer nada. Las letras, bajo mis ojos, no viven de ninguna idea.

Kate ha venido después de comer a conversar conmigo.

Estamos juntos en un banco y me ha dicho que es mi pequeña hermana y que no quiere que sufra. Pero Kate es alegre a pesar de mi lamentable compañía. Su cháchara infantil cae como una llovizna insuficiente y fresca sobre mi fiebre.

Kate me golpea el hombro cuando no la escucho.

La noche es un vasto abandono en derredor mío.

Quisiera poder llorar como los niños y las mujeres.

Marzo 5, A bordo del Santa Marta

Mar Caribe.

Marzo 6, A bordo del Santa Marta

Colón.

De lejos he reconocido el Washington Hotel por su fachada larga.

Imagino sin dificultad la opaca estatua del descubridor de América, aparatosamente inmovilizada en una actitud de orgullo, la mano puesta en ademán de dominador cariñoso sobre el hombro de una india desnuda, cuyo cuerpo blanco de europea civilizada se arrodilla, como si comprendiera todas las consecuencias del descubrimiento y sintiera por ello honda satisfacción.

Prisa por llegar.

El rostro del empleado de la Great Fruit Company está lleno de bienvenida. Tengo la ilusión de que me va a dar una buena noticia.

¡Horas de calor pasadas aquí con Clara mientras temblaba el barco, sacudido por la atronadora energía del metal en trabajo!

Mi alegría me desconcierta.

Para ir al hotel tomo una desgarbada victoria.

Al subir la escalera, de entrada, me vuelvo a mirar la hilera de vehículos, cuyos cocheros esperan bajo la abayada protección de sus quitasoles.

Nada se ha movido.

Marzo 7, A bordo del Huasco

Zona del Canal.

Esta mañana me he embarcado en el Huasco, gemelo del Aysen. Kate ha hecho mucho ruido y parece encantada de que el barco sea un barco, de que el canal de Panamá sea un canal.

Me distraigo con las esclusas, el bosque muerto, el paso de la Culebra. Tendría necesidad de correr por las selvas, echarme al pie de un árbol, roto el cuerpo de fatiga, y no pensar en nada que no fuera el sol quemándome las ropas, el buitre volando suspenso en la luz o la pequeña lagartija que se pierde en alguna grieta.

*

Cuando ya la tarde se agota, salimos al Pacífico.

Atrás nuestro las luces de Balboa rezan su rosario de cuentas luminosas. Los islotes apenas se delatan en la bahía, como una parcial torpeza del crepúsculo. En uno de ellos titila un faro.

De pronto una poderosa astilla de luz guiña como señales de semáforo, perforando el cielo en largas puñaladas blancas. Otro reflector guiña más lejos, otro más cerca, y es ya una docena de tajos brutales, sesgando la oscuridad como presos rayos de sol que quisieran irse.

Me parece que la noche va a quejarse. Pero es la voz de Kate la que murmura al lado mío con su pueril acento inglés:

—¡Oh, muy precioso!

Un reflector nos toca. Los flancos negros del Huasco parecen de estaño líquido.

Hemos bajado la mirada insultados por ese ojo brutal, que por fortuna nos deja para tardarse sobre la inmóvil silueta de un velero que desnuda hasta el esqueleto.

—No ha de ser tentadora la aventura para un submarino —digo a Kate.

Y Kate ríe hacia el espacio, con la convicción de hacer eco en los astros.

—Kate, mi pequeña y buena Kate, usted es una chica alegre y simpática.

—Well. Si usted ríe yo estar contenta.

Marzo 8, A bordo del Huasco

Océano Pacífico.

Kate, que ocupa con su presencia muchas de mis horas, ha estado anoche al lado mío, sentada en el banco que es ya nuestro lugar habitual.

Kate está más risueña que nunca, y como yo me he quedado a disfrutar una leve brisa, después del día torpe de calor, ha querido acompañarme diciendo que no tiene sueño.

Hemos agotado la charla. Kate no comprende que se pueda estar callado sino por grandes tristezas.

—¿Por qué no habla?

—No tengo nada que decir, Kate.

—Oh, usted piensa en su sweetheart. ¿No sabe? Su sweetheart lo quiere mucho y piensa en usted.

Kate, que está a mi derecha, me pasa un brazo por la espalda:

—Yo sé que su sweetheart piensa en usted y lo quiere mucho. Cuando llegue a Buenos Aires su sweetheart se va a casar con Marcos...; por eso Kate no quiere que Marcos esté triste.

Kate me sacude violentamente, creyendo tal vez que mis pensamientos van a caer como las hojas de un árbol en otoño. Pero viendo que nada le contesto, acerca su rostro al mío y bruscamente me besa.

He echado mi cabeza atrás.

Kate ríe sin ofenderse:

—Good night. Sueñe cosas lindas.

—¿Qué quiere decir todo esto?

¿No la excitará a esta pequeña pervertida mi amor por otra que es, oh, very bonita?

Marzo 9, A bordo del Huasco

Golfo de Panamá.

Mi experiencia me ha hecho desconfiar un tanto de la sociedad de Kate. No quiero hacer farsas.

En consecuencia, he estado todo el día solo y me he acostado temprano. En el camarote releo cartas de Clara y mis notas.

Marzo 10, A bordo del Huasco

Costas del Ecuador.

Marzo 11, A bordo del Huasco

Rada de Paita.

El vapor ha parado. La cesación de su vida maquinal me despierta y no puedo volver a dormir. Sin voluntad para vestirme, salgo en pijama sobre cubierta.

Paita.

Un aire seco, caliente, me envuelve como el presentimiento de un ataque de chucho.

No es de día. No es de noche.

La madrugada se inmoviliza incapaz de decidirse hacia la luz. El mar tiene quietudes de pantano; en sus aguas flota, sombra diluida, un vago polvillo negruzco.

La costa, rota como una suela gastada de trabajosos años, espera el sufrimiento del hombre: delirio de su fiebre amarilla.

Distínguese vagamente el pueblo con sus cuencas mineras, color de ocre sulfuroso.

Tres cerros hay detrás del caserío y en el más alto tres cruces. Bajo esta protección fatídica se despertará la vida dentro de poco.

Suspenso en un aliento de tumba, he dado la vuelta del barco. El sol ensaya un lamparón rojo en el cielo: llaga que quisiera ser aurora en un cadáver.

La luz se azora y veo mejor el pueblo, cuyas casas se aprietan, queriéndose prestar fuerzas como enclenques criaturas, lívidas de raquitismo.

Hacia el Norte, una cuchilla se recorta en líneas frías, como un papel amarillo de tiempo y comido por cucarachas. Atrás, en la tierra de miedo, se agazapa no sé qué amenaza de fantásticas figuras microhumanas, que hieden a cadaverina y tienen ojos enervados por largos insomnios asombrados.

La piel se me seca como si quisiera pegarse a los huesos, el pulso me pega en las muñecas pequeños golpes cortos.

Si pudiera hablar con alguien o dormir.

*

Creí que fuera el grito de algún pájaro extraño. Es alguien que chista.

La cabeza rubia, desmarañada de Kate asoma por una ventana. Sus ojos tiemblan un poco en esta luz baya y veo algo de sus hombros, de su pecho blanco, que descubre la camisa cerrada por moños claros.

*

Su carne juvenil y dorada es un oasis de vida en el paisaje muerto.

Kate desaparece, corriendo la cortina que cierra su párpado rojo sobre la ventana. La puerta se entreabre, y Kate, asomando la cabeza, vuelve a chistarme en son de burla. Mis nervios me llevan hacia aquella hendija de cariño en que meto el pie, luego el codo, para, tras una brevísima lucha, encontrarme en el camarote perfumado de juventud coqueta.

Delante mío, Kate, empequeñecida por la ausencia de tacones y envuelta en los pliegues sueltos de su camisa de dormir se mira una mano con mueca vecina al llanto. Debo haber estropeado sus dedos; pero mi compasión sólo dicta a mis brazos el ademán de apretarla contra mí.

Kate no resiste; sus labios buenos se abandonan, toda su frescura consiente por las hendiduras de la leve ropa. El engaño impuesto por mis nervios se rompe. No he buscado esas formas, ni esa piel, ni esa respuesta.

Y mis caricias cesan.

Kate, cuyos ojos reflejan un temor mudo, inclina su cabeza hacia mi pecho.

—Marcos —dice como interrogando.

Excusarme sería ridículo y explicarle…

¿Para qué?

Despacio la tomo por los hombros y la siento en la cucheta. Kate agacha la frente y llora. Como toda consolación, pásole la mano por los ensortijados cabellos y me retiro.

Sobre el paisaje de hoy se diluye una mañana acre.

¡Clara, qué lejos estoy de ti en este torpe ambiente! ¡Cómo sufre tu cuerpo en el mío y qué sed tiene mi alma de tus palabras!

Por primera vez lloro. Una desolación árida entra en mí.

¿Por qué sufro? ¿Por qué sufre Clara, lejos? ¿Por qué sufre la alegre Kate, sin una palabra de consuelo?

Llueven unas míseras gotas en el mar... Lágrimas insuficientes de pupila quemada de fiebre.

*

Automáticamente entro en un pequeño salón, me siento ante un escritorio y trazo palabras:

Tengo abiertas las manos para recoger sol.

Tengo abiertos los brazos para ampliar mi pecho que llama.

Tengo en el alma un gesto vago de crucificado.

Y no vienes.

Mi memoria puede ser tu risa y tu cuerpo, tu voz y tus ojos, tu piel y tu cariño.

El recuerdo junta todos tus momentos y pone de frente la línea que en tu presencia debe seguirse como un camino.

Pero en mi espera, abierta como una cumbre, sólo cae el silencio.

*

Mi pluma se ha dormido en mis manos. Alrededor mío, las cosas van renaciendo a la identidad de un pasado.

Acabo de escribir una carta a Clara y ésta la está leyendo a mi lado. En su brazo oscila un lunar de sol. Clara dice que su emoción es La Gracia. Después sonríe:

—¿Por qué piensa en un mañana? ¡Hoy es siempre!

Siento en la frente una pesadez de plomo: intensidad sensitiva. Tengo de pronto la sensación de que el infinito está en mí.

—Clara —digo—, recemos siempre así.

¿Pero a quién hablo?

Estoy más allá de mí mismo.

Comprendo:

Nuestro amor ha llegado a poderse pasar de la vida.

París, noviembre de 1919.